사랑아 구름아

사랑아 구름아

한보영 소설

도화

| 작가의 말 |

2년 만에 펴내는 세 번째의 소설집이다.

등단 8년째. 어떻게 보아도 늦깎이 등단으로 싫든 좋든 올해 덥석 구순九旬을 맞았다. 합쳐서 네 번째의 출간, 세 번째의 이번 소설집이 구순 기념을 곁들일 수밖에 없는 까닭이다.

어쨌거나 또다시 소설집을 펴내기에 이르렀으니, 등단 이후 옆도 안 돌아보고 써온 셈이랄까.

그렇다. 부지런히 써왔다. 과연 소설의 골격을 제대로 갖추고 써왔는지는 잘 모르겠다. 하여간 쓰고 싶어 썼고, 쓴 대로 그때그때 한 묶음의 책으로 펴내 세간의 평판을 받고 있다.

가까운 친지들로부터 다 재미있게 읽었다는 평판을 듣는다. 서점가의 반응은 반대로 냉랭했지만. 재미있다는 친지들의 말이 듣기 좋은 말이었다는 걸 곧 깨닫는 데 긴 시간이 걸리지 않았. 아무리 무겁고 무게 있는 주제면 뭐냐. 읽어주는 사람이 없으면 허공의 메아리와 같은 것. 읽히지 않은 소설, 생각만 해도 오싹 소름이 끼칠 무서움이요 두려움이다. 적어도 내 경우만은 그렇다.

긴말이 필요 없을 것 같다. 이유 여하를 막론하고 읽히는 소설을 쓰고 싶다. 엿장수 말처럼 그게 마음먹은 대로 될지는 의문이다. 의욕에 그치지 않기 위해 그렇도록 힘쓸 뿐이지만.
이제는 언제까지 살아있을까가 의문이다. 그 의문이 다가올 때까지는 '쓰기'를 계속하고 싶다. 참말이다.

2025년 8월

북한산 송추 寓居에서 無一堂 한보영

차례

작가의 말

1부

지상과 지하의 무의식적 고찰 / 11
그 고샅 아이들 / 29
끼리끼리 차차차 / 49
사랑아 구름아 / 67
사랑의 안단테 / 89
연애 대장의 안과 밖 / 137
원더풀 딴따라 / 153

2부

그 여배우, 겉과 속 / 177
그 여배우, 불륜과 혼약 / 199
그 여배우, 빛과 그림자 / 219
그 여배우, 시작과 끝 / 241
그 여배우, 응달과 양달 / 261

$1\frac{b}{1}$

지상과 지하의 무의식적 고찰

다 저녁때, 막 누나가 차려준 밥을 먹고 있는데 식탁에 던져둔 핸드폰이 울린다. 아니다. 핸드폰 벨 소리처럼 귀에서 울리는 속삭임이다. 숟갈을 입에서 떼기 무섭게 지상은 얼른 귀를 쫑긋 세운다.

"오빠?"

"지하?"

"뭐해, 빨랑 오잖고?"

"밥 먹고 있는 참이야."

"밥이 급해? 나보다도?"

"아니, 그래….'"

황급히 숟갈을 놓은 지상은 지하의 말대로 빨리 달려갈 양으로 거실로 나온다. 신발을 신고 현관문을 나서려는데 질겁한 누나의 목소리가 뒷덜미를 잡아당긴다.

"다 저녁때, 어딜 가려고?"

"전화가 왔어요. 지하가 불러요…."

"지하가?"

깜짝 놀란 누나가 말릴 새도 없이 지상은 현관문을 박차고 어두운 한길 속으로 사라져 버린다.

누나의 얼굴에 수심이 가득하다. 지하는 산 사람이 아니다. 죽은 지 달포가 지났다.

일주일 전이었을까. 한밤중 자다 말고 거실로 뛰어나온 동생은 미친 듯 울부짖었다. 실성한 것처럼 죽은 지하를 마구 불러대며 길길이 날뛰었다. 그 뒤부터인 듯했다. 누나는 한시도 동생의 일거수일투족에 신경을 곤두세우지 않은 날이 없었다. 어떻게 하면 동생의 그 깊은 응어리를 풀어줄까, 자나 깨나 그 생각뿐이었다.

밖으로 뛰쳐나온 지상의 발길은 이상하리만치 훨훨 날았다. 눈 깜짝할 사이, 어느새 지하가 기다리고 있는 지하의 집 문에 서 있었다. 신들린 사람처럼, 마치 *시간여행을 즐기려는 순례자처럼.

지하의 집은 청와대 뒤쪽 스카이웨이를 돌아, 정릉으로 넘어오는 아리랑고개와 맞물린 지점의 가파른 산비탈 길가에 있다. 낮에는 사람이 살지 않은 터라 폐가처럼 을씨년스럽다. 하지만 일단 해가 지고 캄캄한 밤 속에 묻히면 폐가는 낮 분위기와는 사뭇 다르게 활기가 넘친다. 적어도 지상에게는 그렇게 느껴졌다.

어둑한 밤, 엷은 구름 속에 가려진 하현달이 고즈넉하다.

활짝 열린 대문에 들어서자 안에서 기다리던 지하가 지상의 목에 와락 매달렸다.

"오빠~!"

"그렇게 보고 싶었어?"

"꼭 내 입으로 말해야 해, 오빠?"

"날아왔잖아."

"아냐, 넘 느려."

"잠깐, 눈감았다 떠보니 여기던데!"

"더 빠르게 나는 법을 알아봐야겠어, 오빠. 하여간 얼른 방에 들어가자. 새벽닭이 울 때까지 그렇게 긴 밤은 아니잖아, 오빠."

"성질 급하긴…."

지상은 망설이지 않고 번쩍, 지하를 안아 들고 열려있는 방으로 들어간다.

방 안에는 침대가 없다. 맨방바닥에 침구만 깔려 있다. 지상은 얼른 침구 위에 지하를 내려놓고 옷을 벗기 시작한다. 지하도 침구 위에 앉은 채 주섬주섬 걸친 옷들을 하나둘 벗어 던진다.

살아있을 때처럼 실오라기 하나 걸치지 않은 두 알몸은 어느새 하나가 되어 뒹군다. 비발디의 사랑의 세레나데 리듬을 타듯

감미로운 숨소리가 방 안에 오롯이 번져가고 있다.

한참을 씩씩대던 지하는 그날 밤처럼 지상의 배 위로 올라가려 한다.

"안 돼, 지하!"

깜짝 놀란 지상은 얼른 자기 배 위에 오르는 지하를 밀쳐낸다. 그날 밤의 악몽을 두 번 다시 그는 되풀이하고 싶지 않았다.

그렇다. 달포 전 지하가 이승을 떠나던 날 밤을 지상은 잊을 수 없다. 지상과 찐한 사랑의 세레나데를 즐기다 지하가 숨을 거둔 때문이다. 바로 이 방, 이 침구 위에서 실오라기 하나 걸치지 않은 두 사람이 뜨겁게, 뜨겁게 몸을 달구다 갑자기 지하가 지상의 배 밑에서 배 위로 올라간 게 화근이다. 맨날 배 밑에서 깔려 있다 보니 갑자기 오빠처럼 찍어 누르는 기분이 어떤지 알고 싶어요, 오빠. 눈 깜짝할 새 배 밑을 빠져나온 그녀는 그의 배 위를 날름 올라타지 않았던가.

그리고 얼마를 지났을까. 한참을 지상의 배 위에서 격렬한 몸놀림을 하던 지하는 어느 순간 딱, 몸놀림을 멈추더니 가쁜 비명을 내 질렀다.

"아, 내가, 내가 왜 이래, 오빠? 숨이, 숨이….”

미처 말끝도 채 못 맺은 지하는 지상의 배 위에서 그만 굳어버렸다. 그길로 홀연히, 흔히 말하는 복상사腹上死로 지하는 영원히 이승을 등졌다.

지하를 갑작스럽게 잃은 충격 때문일까. 장례를 치르고 난 뒤 몸져누운 지상은 몇 날 며칠을 일어나지 못했다. 영원히 일어나지 않고 그는 그 길로 그녀의 뒤를 따르고 싶었다.

지상이 일어나지 못하자 누나는 득달같이 무당을 찾아간다. 조실부모하고 아들처럼 애지중지 키운 동생이다. 잠자리 한 여자가 죽은 뒤 동생은 마냥 잠만 퍼 자는 게 불안하다. 처녀 귀신에 씌워 동생마저 어찌 되는 건 아닐지, 마음이 조여 건딜 재간이 없다.

"계속 잠만 자는 동생 때문에 왔구먼."

무당은 허겁지겁 방으로 들어선 누나를 보자 댓바람에 정표를 찌른다.

누나와 무당은 어렸을 때부터 한동네에서 살았다. 나이 들어 어느 날 갑자기 친구가 신병神病에 걸려 방방 뛸 때도, 언제나 그 옆을 지켜주리만치 살갑게 지낸 누나는 친구가 무당이 된 뒤에도 변함없는 우정은 나눠 오고 있었다.

"우리 동생, 그러다 영영….'"

"아녀, 곧 일어날 거야."

"정말?"

"흠, 복상사한 고 기집년, 여간 맹랑한 기집년이 아니구만."

"복상사는 뭐고, 맹랑한 기집년은 또…?"

"고 기집년이 글씨 동생 배 위에 올라타고 그 짓을 하다가 죽었단 말일시."

"동생 배 위에 올라타고 그 짓을? 고 기집년이?"

누나는 여전히 어리둥절 감을 못 잡는다. 도대체 그 복상사라는 말도 누나에게는 너무 생소한 말이기 그지없다.

하지만 누나는 복상사고, 나발이고 상관없다. 당장 몸져누운 동생이 탈탈 털고 일어날 수 있는 길만이 답답하고 궁금할 뿐이다.

"고년, 기집 귀신을 당장 동생에게서 떼어내 줄 수 없을까!"

누나의 안달은 고함에 가까운 옥타브로 튄다.

하지만 친구 무당은 여전히 딴청이다. 핏발 선 눈빛으로 누군가와 줄다리기라도 하듯 낑낑대며 안간힘이지 않은가.

심상찮은 무당의 모습에 누나는 오싹, 몸이 오그라든다. 숨도 크게 쉬지 못하고 입을 벌린 채 변화무쌍한 무당의 표정에서 눈을 떼지 못한다.

얼마를 지났을까. 크게 숨을 몰아쉰 무당은 서슬 퍼런 얼굴빛을 누그러뜨리며 겁에 질린 누나를 보고 혀를 내두르며 비로소 입을 연다.

"헛, 고년, 기가 보통 센 기집이 아니네. 내가 모시는 장군님도 어찌할 수 없다지 뭐여. 더 이상 동생이 끌려다니지 않게 굿이나 하고 기다려 보라구먼."

"고년이 머간디 그리 기가 세 단가?"
"튼실한 빽이 있는 거 같아야."
"튼실한 빽?"
"옥황상제를 가까이서 모시는 혼령이 고년의 아비라지, 아마….”
"그럼, 우리 동생은?"
서슴없이 누나의 입에서 대성통곡이 터져 나올 듯 부풀어 있다. 무당도 어쩔 수 없다는 듯 멋쩍은 웃음만 날리며 우둑하니 그런 누나를 건너볼 뿐이다.

꼼짝 않고 잠만 퍼 자던 지상은 열흘이 채 지나지 않은 날 다 저녁때, 언제 그랬냐는 듯 훌훌 자리를 털고 일어난다. 동생의 머리맡을 지키던 누나의 얼굴은 그제야 안도의 기쁨으로 화들짝 펴진다.
"뭐 좀 먹어야지? 안 먹고 일주일 넘게 잠만 퍼 잤으니 얼마나 배가 고플까….”
하지만 지상은 누나의 걱정일랑 전혀 반응을 안 보인 채 군말 없이 제 방에 들어가 옷을 챙겨 입고 나온다.
"어딜 가려고? 나가더래도 한술 뜨고 가지, 응?"
"배 안 고파요."
퉁명스러운 대꾸를 남긴 지상은 휑, 집을 빠져나간다.

무당 친구한테 들은 얘기가 있는지라 누나의 심기는 여간 불편하지 않다. 저러다 동생을 영영 잃는 건 아닐지 털컥, 겁도 난다. 초조한 나머지 다시 무당 친구를 찾아갈까 말까, 엉덩이를 들썩대던 누나는 굿이나 하고 기다려 볼밖에. 무당 친구의 말을 되새기며 땅이 꺼지는 한숨과 함께 그 자리에 풀썩, 퍼져버리고 만다.

"일어나, 오빠."
지하가 흔들어 깨우는 바람에 지상은 부스스 눈을 뜬다. 더 좀 자게 해줘, 돌아눕는데 그녀의 흔들어댐이 여간 거칠고 다급하지 않다.
"조금 더 자게 해달라니까."
"안 돼, 오빠. 날이 밝아오잖아?"
"날이 밝아오는 게 어때서?"
"날이 밝으면 돌아갈 수 없게 된단 말이야, 난."
"종일 여기서 나와 지내는 게 싫어, 지하는?"
"이 바보야. 내가 산 사람이야? 죽은 사람은 낮엔 안돼. 밤에만 나다닐 수 있다고. 그리고 이 집도 낮엔 을씨년스런 폐가로 변한다는 거 모르고 있었어, 오빠!"
그제야 지상은 겨우 감을 잡는다. 부리나케 일어나 주섬주섬 알몸에 옷을 걸치며, 저승으로 돌아갈 준비를 마친 지하를 올려다보며 묻는다.

"우리, 언제 또 만날 수 있지?"

"날이 어둑해지면 언제든지 나올 수 있어, 난. 그럼 나, 먼저 간다. 내일 밤 올 거지, 오빠?"

그 말을 끝으로 어느샌가 지하는 눈앞에서 휭 사라져버렸다.

뒤이어 지상도 서둘러 집을 빠져나온다. 동이 트기 무섭게 음침한 폐가로 변해버릴 집을 지킬 이유가 있을까. 지상의 손길도 바빠진다. 어느새 옷을 다 입은 그는 어둠이 남아있는 이른 새벽의 맑은 공기를 가르며 발걸음을 재촉한다.

"밤새 어디 있다가 이제 들어오는 거여?"

지상이 현관에 들어서자 부엌에 있던 누나가 부리나케 뛰쳐나온다. 그 다급한 목소리로 보아 밤새 잠을 설치고 동생을 기다렸던 게 틀림없다.

"다녀올 때가 있어서요⋯."

"근데, 얼굴빛이 왜 그 모양이여?"

"내 얼굴이 어째서⋯?"

지하는 까칠한 얼굴에 손을 갖다 대며 빤히 들여다보는 누나의 눈길을 후다닥 피해버린다.

"백지장 같단 말이여. 어디가 아픈 거여?"

"아프긴. 밤새 여기저기를 좀 쏘다녔더니만."

말을 마치기 무섭게 지상은 쏜살같이 자기 방으로 숨어들었다.

그렇다. 지상은 어디론가 숨고 싶다. 아니, 근방 쓰러질 듯 갑자기 다리에 힘이 빠지고, 그대로 서 있다간 보나 마나 꽈당, 꼬꾸라질 것 같은 어지럼증이 등골을 기어올랐다.

그걸 본 누나는 순간, 불길한 예감이 살을 저미어온다. 저러다 동생을 잃는 건 아닐까? 또 다급한 생각을 떨쳐버리지 못한 누나는 서둘러, 기다려 볼 수밖에 없다는 친구 무당을 찾아 무거운 발걸음으로 집을 나선다.

"달려올 줄 알았어. 동생이 이제야 좀 제정신을 찾는 것 같잖냐! 뭔가 달라지는 게 안 보이더냐고?"

친구 무당은 다급해진 누나의 모습을 보자 사태를 짐작한 듯 먼저 운을 띄운다.

"새벽에 다 죽어서 들어 왔지 뭐여. 저러다 영영 동생을 잃은 것만 같아야."

"아니, 그 반대여. 아마 며칠은 죽은 듯 잠만 잘 거거든. 깨우지 말고 일어나면 아무 말 말고 영양 보충부터 시켜주라고. 그간 고 기집 귀신에 씌어 육신이 지칠 대로 지쳐있을지 몰라야."

"진짜 우리 동생, 괜찮을까?"

"나만 믿어. 참말로."

나쁜 기집애, 저번에는 나 몰라라 발뺌하더니만. 그래도 마음을 주고받을 친구는 무당밖에 없다는 것을 느낀 누나는 모처럼 얼굴은 펴고 무당 친구를 정겨운 듯 바라본다.

 무당 친구의 말대로 정신없이 밤낮 가리지 않고 잠만 퍼 자던 지상은 꼬박 닷새 만에 부스스 자리를 털고 일어난다.
 잠을 깨니 제일 먼저 찾아온 건 허기다. 왜 그리 배가 고픈지 모른다. 문밖에 대고 누나를 부르고 싶지만, 입술이 떨어지지 않는다. 그렇듯 맥이 없고 처진 기운으로 목소리가 나올 리 없다고 생각한 지상은 엉금엉금 방문 가까이 다가가 들입다 방문을 열어젖힌다.
 "왜, 배고픈 거여?"
 득달같이 달려온 누나는 기진맥진한 동생의 얼굴을 안쓰러운 듯 살핀다. 그리고 무당 친구의 점괘를 믿은 듯 얼른 부엌으로 달려가 미리 준비해 둔 밥상을 들고 나타난다. 밥상 위에는 김이 모락모락 나는 뚝배기와 소금 종지, 깍두기 그릇이 달랑 놓여 있다. 보나 마나 동생이 일어나기를 학수고대하고 푹 고은 닭백숙을 준비해 놓은 게 분명하다.
 "체할라, 천천히 먹어야. 급할수록 돌아가라는 말 있잖여."
 누나의 얼굴은 엄마의 보살핌이 뚝뚝 흘렀다.
 따지고 보면 누나는 엄마나 다름없다. 겨우 열서너 살 때 누나는 돌림병으로 한꺼번에 어머니 아버지를 잃는다. 제 몸도 제대로 챙기지 못할 나이인데 누나는 두 살배기 늦둥이를 제 몸처럼 알뜰하게 보살핀다. 동냥질도 마다하지 않고, 본인은 굶어도 어떻게든 어린 동생만은 끼니를 거르지 않게 했을뿐더러, 더러 간식도 챙겨줄 만큼 온 정성을 다해 거둔다. 그 바람에 동생을 대학원까지 보낼 수 있었지만.

그것도 다 누나가 좋은 짝을 만날 수 있었기 때문이다. 누나는 이웃집에서 하숙한 남자를 그 집 할머니의 소개로 알게 된다. 이북에서 혈혈단신으로 피난 내려온 그는 생활력이 보통 강한 게 아니었다. 채 서른도 안 된 나이에 한몫 단단히 하는 미장이가 돼 있었으니 말이다.

"보통 알뜰한 젊은이가 아닌디, 홀몸으로 어린 동상을 고로콤 보살피는 색시가 마음에 쏙 들었던 모양인지 여간 성화가 아녔당게. 중매 좀 서달라고 말이여. 어떠, 한번 안 만나 볼랑가?"

이웃 할머니의 간청에도 물론 처음 누나는 완강했다. 전혀 시집갈 의향이 없을뿐더러 더구나 어린 동생이 딸린 몸이잖은가. 나만 잘 살겠다며 후딱 시집을 가버린다? 누나로서는 도저히 상상할 수도, 용납될 수도 없는 일이었다.

하지만 어느 날, 그 젊은이는 더 이상 기다릴 수 없는 듯 불쑥, 집까지 찾아온다. 그리고 동생의 장래도 책임지겠다, 물불 가리지 않은 적극적 구애를 체면 불문하고 해 오잖은가. 열 번 찍어 안 넘어가는 나무가 없다지만, 솔직히 '동생의 장래도 책임지겠다'는 그 말과 더불어, 듬직하고 믿음직한 젊은이의 의지가 누나의 마음에, 봄날 얼어붙은 개울 물 녹듯 솔깃하게 울려왔을 게 틀림없으리라.

　누나도 어느새 슬하에 남매를 둔다. 그렇다고 동생에게 쏟아온 누나의 정성이 멀어진 건 아니다. 남매보다 더하면 더했지, 결코 모자람 없이 동생을 알뜰히 보살핀다. 동생도 조카들을 친동생처럼, 조카들도 삼촌을 친형, 친오빠처럼 따랐다. 누구보다 처남에 대한 매부의 초심과 남다른 관심과 배려로 가정은 늘 온기로 가득 차 있었다. 그래서 누나는 늘 고마움으로 살고 있는데, 느닷없이 죽은 지하가 끼어드는 바람에 누나의 근심 걱정은 자나 깨나 동생뿐이었다. 살얼음 위를 걷듯 조마조마한 마음을 버리지 못했다.

　"지하 고년과는…?"

　끝내 누나는 불쑥, 묻지 말아야 할 말을 꺼낸다.

　"지하? 걔는 죽은 지 오래야, 누나."

　"저녁만 되면 자꾸 만나자고 찝쩍댄 거 아녔어?"

　순간, 지상은 힐끗 누나의 얼굴을 살핀다. 한참 뒤 조심스럽게, 하지만 단호한 어조로 그는 말한다.

　"누나, 끝났어. 다신 지하 걔, 찝쩍대지 않을 거야. 참말이야, 두 번 다시 걔를 꿈에서 만나는 일은 없을 거라고."

　"꿈에서라고…."

　속으로 구시렁거리던 누나는 금세 입을 다문다. 귀신에 씌운 거지 무슨 놈의 꿈? 그리 심통을 부리고 싶었지만, 이제 겨우 제정신을 차린 동생이라 생각하니 누나는 더 이상 깐죽댈 마음이 싹 가신다.

지상은 밥상을 물리자 노곤해진 몸을, 방금 일어난 이부자리 위에 도로 눕힌다. 피로할 대로 피로해진 심신이다. 꿈을 꾸듯 밤이면 밤마다 그는 죽은 지하의 혼령에 이끌려 시달려 온 게 파노라마처럼 눈 앞을 스친다.
늦게나마 지상은 지하가 자기를 놔 준 게 얼마나 다행인지 몰랐다. 그렇다. 그날 밤 그녀는 그를 만나자 다른 날밤 때와는 달리 잽싸게 매달리고 안기지 않았다. 깔린 이부자리 위에서도 옷을 벗기는커녕 뭔가 다급한 듯 잔뜩 부르튼 얼굴로 그녀는 분명한 어조로 말했다.
"오늘 밤, 마지막이 될 거 같아."
"그게 뭔 소리야?"
깜짝 놀란 지상이 반문했지만, 지하의 결심도 만만찮았다.
"야단맞았어."
"야단맞아? 누구한테?"
"누군 누구야. 염라대왕님한테지."
"허락받았다고 안 그랬어?"
"거짓부렁이야, 죄. 만나고픈 마음으로."

"까짓거….."

"안 돼, 오빠! 저승 율법을 어길 재간은 없어. 개심할 때까지 이미 지옥살이를 명 받았단 말이야, 염라대왕님한테."

"그럼?"

"뻔하잖아. 우린 다시 이승에선 못 만나."

퍼뜩, 지상의 머리에 일장춘몽一場春夢이란 글귀가 떠올랐다. 제정신을 차리고 보니 어디까지나 허황한 꿈이었고. 몇 날 며칠 꿈속을 방황하며 지하의 흔적, 혼령과 뒤엉키다 잠을 깨고 보니 무섭게 찾아든 건 허기였다는 걸.

지상은 밤마다 죽은 지하를 만나러 다니면서 이상한 현상에 무척 놀랐던 일을 잊을 수 없었다. 먼데 떨어져 있는 사실도 옆에서 본 것처럼 느껴졌고, 뭐든 하려 들면 저절로 이뤄졌다. 필시 죽을병에 걸린 걸까, 크게 당황했지만, 정신분석학을 전공한 지상은 곧 *2동시성·초월성 현상이라는 걸 알았다. 느닷없이 귀에서 죽은 지하의 목소리가 들렸고, 어제가 오늘처럼, 오늘이 어제처럼 착각되는 시간여행에 빠져있었다는 것도 짐작됐다.

평상시와는 사뭇 다른 그런 현상 때문에 밤이면 밤마다 죽은 지하와 살아있을 때처럼 사랑놀이를 즐길 수 있었지만, 왜 갑자기 폭풍우에 휩쓸리듯 그런 현상이 일어났는지는 미지수다. 아니다. 어쩌면 잠시 잠깐 졸음처럼, 피로할 대로 피로하고 지칠 대로 지친 심신의 빈 틈새를 비집고 든 무의식의 흐름일지 모른다.

지상은 오랫동안 망설여온 연구논문 제목을 '지상과 지하의 무의식적 고찰'로 정했다. 이승의 지상과 저승의 지하가 벌이는 사랑놀이를 모티브로 접근해본 무의식적 흐름을 정신분석학적 관점에서 좇아본 내용이 아닌가.

과연 지도교수로부터 어떤 평점을 받을지 궁금하다. 지상의 무의식적 현상을 제대로 평가받을 수 있을지가 의문이기 때문. 솔직히 사랑놀이의 유무경험에 따라 지도교수의 판단기준이 달라지면 어쩌나 싶어서다.

---

*1 시간여행(time travel) : 타임머신을 이용, 시간을 넘나드는 것. 아인슈타인의 상대성이론과 관계있음.
*2 동시성·초월성 현상(synchronicity) : 칼 융이 제창한 개념. 개별적 인과관계를 가진 두 가지 사건이 동시에 연속적으로 발생했을 때 둘 사이에 어떤 인과관계가 없지만 있는 것처럼 나타나는 현상.

그 고샅 아이들

오늘도 친구는 휴대폰을 받지 않는다. 언제나처럼 신호는 가는데 여전히 무거운 침묵만이 흐른다. 그런지 벌써 6개월째, 진작 집 전화번호라도 알아두지 않은 게 두고두고 후회스럽다.

노용식 작가에게 전화를 건다.

"나…요. 아침 일찍 무슨 일로?"

노 작가는 심드렁하다. 속 마음과 달리 그는 늘 사람을 대하는 게 그처럼 어리광스럽다.

"이상경, 그 친구 여전히 전화를 안 받아."

"그럼, 아직 안 죽었다는 거네…요."

"그렇지? 죽진 않았겠지?"

"인생 막판에 가 있는 그 친구에게 뭘 그리 궁금하다지…."

"안타까움 때문이지. 성성한 몸으로 그 고샅 아이들로 우리가 다시 만나 회포를 풀고픈 마음, 노 작가는 없어?"

"…."

노 작가는 입을 다문다. 뭔가 감정을 짓누른 듯.

"왜 반응이 없어, 노 작가?"

"도대체 그 친구, 흥미 없어…요."

"…."

이번에는 내 입이 닫힌다. 왜 그처럼 노 작가는 그 친구에게 악감정일까, 선뜻 이해되지 않는다.

친구가 전화를 받지 않은 건 바로 그 뒤부터였다.

"야, 목소리가 안 나와. 아무래도 후두암에 걸렸지 싶어."

친구는 계속 터져 나온 기침이 견딜 수 없는지 미처 뒷말도 맺지 못한 채 휴대폰을 끊었다. 그게 그러니까 친구와의 마지막 통화가 돼버렸다. 그때만은 친구의 목소리가 잔뜩 쉬었을 뿐, 여느 때처럼 술에 절어있는 것 같지 않았다.

어쩌다 전화를 걸어올 때마다 친구의 목소리는 늘 술에 젖어 있었다.

"어떠시오? 목소리라도 좀 들어볼까 해서 전화 넣었소."

친구와 노 작가는 서너 살 나이 차는 있지만, 그처럼 깍듯이 존댓말을 주고받을 사이는 아니었다. 한 고샅에서 어린 시절을 보낸 친구이고 보면 당연히 야, 자, 말을 터놓고 지내야 마땅했다.

하지만 노 작가는 물론 그 친구도 번번이 말을 놓지 않았다. 듣기에 따라, 더구나 술에 젖은 목소리로 친구가 꼬박꼬박 존댓말을 붙여올 때면 꼭 이쪽을 비아냥대는 거 같은 묘한 느낌을 받았다.

"술 한잔 했나 보구먼."

나의 대응도 거의 똑같았다. 잊어버릴 만하면 불쑥 전화를 걸어온 데다, 어릴 적 한 고샅에서 자란 것 말고는, 그간 서로 안부든 친분을 주고받아온 처지가 아니다 보니, 특별히 할 얘기가 있을 리 없었다. 또 자칫 대꾸를 잘못했다가 술에 전 친구의 비위를 건드릴 수 있다는 조심성도 작용했는지, 자연 엉거주춤 떨떠름한 말투로 대해온 터였다.

친구한테는 좀 남다르게 신경이 쓰였다. 다른 이유 때문은 아니었다. 언젠가 그토록 간곡히 부탁한 아들의 결혼주례를 서주지 못했다. 하필이면 같은 날, 내가 취재해야 할 중요한 행사 일정과 친구 아들의 결혼 날짜가 맞물렸었다.

아니, 친구에게 남다르게 신경이 쓰이는 건 꼭 그 일 때문만은 아니었다. 친구를 떠올리면 문득문득 어렸을 적 친구 특유의 오기가 생각났다. 친구는 비록 작달막한 체구지만, 매부리코에 부리부리한 큰 눈 등 상대를 압도하는 다부짐, 당당함이 있었다. 평소에는 공부 잘하고 손재주 많은 모범생이었다. 하지만 어쩌다 또래와 시비가 붙어 쌈질이라도 할 양이면, 친구는 180도 표변했다. 쉽게 물러서지 않는 끈기와 뚝심과 오기, 도저히 힘으로 안

되는 힘센 덩치의 또래를, 도시락 싸 들고 쫓아다니며 굴복시키는 그 무서운 집착이, 그 친구를 대하면 나도 모르게 퍼뜩 머리에 떠올랐다. 당시 완력에 관한 한 거칠 게 없던 나도 친구의 오기를 어쩔 수 없이 의식, 경계해온 건 아니었을까.

가뜩이나 지금은 그 친구와 내 처지가 여러 가지로 달라져 있었다. 자칫 나로부터 괄시와 모멸감을 느낄 경우, 친구 특유의 오기가 발동치 말란 법도 없을 터. 설사 어릴 적처럼 사생결단 덤빌 리 만무하지만, 비위가 뒤틀리고 아니꼽다 싶으면 친구는 언제든지 비꼬고 비아냥댈 수 있다 싶었다. 굳이 친구의 열등의식을 자극, 잠재의식까지 불러들일 이유가 있을까, 조심조심해오고 있었다.

친구는 유난히 술을 좋아한 듯했다. 전화를 걸어올 때마다 친구의 목소리는 늘 술에 젖어있었다. 내가 한잔 살 터이니 나올 수 있소? 은근히 나를 만나고 싶은 친구의 마음을 읽긴 했지만, 여전히 나는 무슨 핑계를 대서라도 그 간절함을 선뜻 들어주지 못했다. 단둘이서만 만나는 걸 왜 그리 꺼렸는지 몰랐다.

언젠가 나는 그 고샅 아이들로 꿈 많은 어린 시절을 함께 보낸 희곡작가 노용식을 만났다. 무슨 말끝엔가 늘 술에 전 친구 얘기를 꺼내자 노 작가는 다짜고짜 역정부터 냈다. 상대할 놈이 못 돼! 라고.

더 이상 나는 친구 얘기를 길게 늘어놓지 않았다. 실로 오랜만에 그 고샅 '세 악동'의 만남을 기대했던 나의 실망이 그만큼 큰 때문이었다. 왜 그처럼 노 작가가 친구를 인정머리 없이 깔아뭉 개나 의구심이 났지만, 혹여 술이 과한 친구의 본의 아닌 실수가 노 작가의 심사를 뒤틀리게 한 건 아닌지, 지레짐작할 뿐이었다.

친구와 나, 노 작가는 한 고샅에서 어린 시절을 보냈다. 어느덧 수십 년이 흘렀고, 우리 나이 어느덧 70을 넘겼다. 지금도 나는 눈만 감으면 친구와 나, 노 작가와 세 악동이 벌인 겁 없는 행각이 어제 일처럼 눈앞에 어른거렸다. 따지고 보면 그때 친구의 존재감은 나나 노 작가보다 훨씬 돋보였다.

친구의 손재주는 남달랐다. 그림도 잘 그렸을 뿐 아니라 글짓기 솜씨도 뛰어났다. 연장과 재료만 손에 쥐여주면 뭐든 뚝딱 만들어내는 공작 재주까지 겸비했다. 공부도 상위권을 벗어나 본 적이 없었으니 한마디로 친구는 재간꾼, 천재에 가까웠다.

당시의 존재감으로 보면 우리 셋 중 처진 건 노 작가였다. 뚜렷한 특기나 개성이 엿보이는 이른바 재동기질才童氣質 보다 그저 공부 잘하는 얌전한 아이였다. 하지만 지금은 어떤가. 연극계의 원로극작가로 우리 셋 중 가장 의연한 존재감으로 노년을 맞았다.

노 작가의 어린 시절은 좀 외로운 편이었다. 그럴 수밖에 없었다. 아버지 없이 두 과수인 할머니와 어머니 손에서 삼대독자로 자라야 했다. 집안에 놀아줄 형제자매가 없으니 자연 한 고샅에

사는 반 친구인 우리와 어울려 지내는 게 유일한 오락이지 않았을까.

노 작가의 아버지는 급성 맹장으로 일찍 타계했다. 그때만 해도 우리가 살던 소읍小邑에 제대로 시설을 갖춘 병원이 없었다. 지독한 복통을 어쩌지 못해 우왕좌왕한 끝에 귀중한 목숨을 잃은 게 어디 노 작가의 부친뿐이랴.

노 작가는 아버지를 일찍 여위었음에도 그늘이 없었다. 멀대처럼 헌칠한 체구지만, 해맑은 얼굴은 호감을 사기에 충분했다. 뭐든 뒤처지지 않고 참여하려는 적극성도 지녔다. 우리는 학교만 다녀오면 그 고샅에서 꼴깍 해가 넘어가는 줄 모르고 뛰어놀던 겁 없는 아이들이었다.

그 고샅은 우리 세 아동의 마음의 고향이었다. 지금은 읍이 시로 승격, 남원시 하정동南原市 下井洞으로 불리고 있지만, 우리가 자랄 때는 남원읍 하정리였다. 어느 마을에서나 볼 수 있는 흔하디흔한 골목, 지금 생각해보면 가난이 덕지덕지 엉겨 붙은 고샅이었다.

하지만 우리 세 악동에게 그 고샅은 여러 가지로 특별했다. 무엇보다 극장이 가까이 있었다. 걸핏하면 악극흉내를 내게 된 것도 결코 우연이 아니리라.

오락의 총본산이랄 극장은 읍내 한가운데에 있었다. 우리의 특별한 고샅은 극장에서 불과 한 블록밖에 떨어지지 않았다. 우리 그 고샅 아이들은 약속이나 한 듯 극장을 제집 드나들 듯했지만, 결국 그 길로 나가 성공한 건 여역을 경험한 노 작가뿐이었다.

한마디로 우리 세 악동이 자랄 때 가장 많은 영향을 준 곳은 단언컨대 초등학교 내에 있는 '용성관'과 그 고샅 바로 지척에 자리한 '극장'이었다. 우리의 꿈과 추억이 오롯이 깃든 곳일뿐더러, 실제로 악극흉내를 내게끔 크나큰 영향을 준 곳이기 때문이 아니던가.

우리 악동들은 그 고샅에서 노는 것만으로 만족하지 못했다. 특히 나이가 또래보다 두서너 살 위인 나의 모험심은 못 말렸다. 뭔가 색다른 걸 해보고 싶었다. 아니, 남몰래 품었던 꿈을 은근슬쩍 표출해 볼 용기에 끌렸다.

나는 나이가 또래보다 위이다 보니 힘도 센 편이었다. 어떤 또래도 내게 감히 덤벼들지 못했다. 심지어 상급생까지 나를 혼내주려다 되레 얻어터지고 물러선 걸 지켜본 동급생들은 내 말이라면 죽는 시늉을 할 만큼 나를 따랐다. 아니, 나를 보호자로 여겼는지 몰랐다.

우리 반뿐이 아니었다. 내 완력과 리더십은 선생님들 사이에서도 어느 정도 인정받았다. 쑥스러운 자랑 같지만, 당시 나는 골목대장을 뛰어넘어 전교에서 감히 대적할 녀석이 없을 만큼 파워

풀했다. 누구든 감히 나를 넘보지 못할 만큼.

초등학교 시절 우리 반은 왠지 모르게 담임선생이 잘 갈렸다. 어떤 때는 오랜 기간 담임선생이 없어 옆 반 선생이 보충수업을 하는 경우가 많았다. 그래서 우리 반은 우리끼리 자습을 하는 데 익숙했다. 쑥스러운 자랑 같지만, 반장이었던 내 리더십 덕이라는 걸, 누구보다 한 고샅에서 악동 노릇을 한 친구와 노 작가는 잘 알고 있지 않았을까.

학교에서의 내 별명은 골목대장이 아니라 '개미 대장'이었다. 어느 해 전교 학예회가 있을 때 '개미들은 즐거워'라는 아동극에서 주인공 개미 대장 역을 맡아 멋들어지게 해치웠기 때문이리라.

그랬다. 나는 배우가 되고픈 꿈도 있었다. 전교 학예회에서 아동극 주인공으로 뽑힌 것도, 우리끼리 놀이 삼아 한 당시 유행이던 악극흉내를 낸 게 학교까지 소문이 난 것도 내게 그런 싹수가 보였기에 가능했던 일인지 몰랐다.

어렸을 때부터 나는 유난히 악극을 좋아했다. 악극단이 들어오면 무슨 수를 써서도 몰래 극장에 들어가 그 현란한 무대를 부러운 눈으로 지켜봤다. 크면 배우가 돼야지, 나도 모르게 두 주먹을 불끈 쥐었던 일이 어제 같기만 하다. 친구와 노 작가도 마찬가지가 아니었을까.

그 고샅 아이들은 보는 것으로 만족하지 않았다. 우리끼리 연극을 꾸며보면 어떨까 생각했고, 두 친구와 의논 끝에 드디어 일을 저질렀다. 흉내를 낸 악극제목이 지금은 머리에 떠오르지 않았다. 하지만 악인을 때려 부수는 정의의 주인공 역을 내가 맡았을 뿐 아니라 연출까지 도맡았던 기억은 뚜렷했다. 예쁘장한 노 작가는 여장으로 여역女役을 해냈고, 글짓기에 남다른 재주를 가진 친구는 남다른 글짓기 솜씨로 악극 대본을 거뜬히 써서 내놓았다.

꾸미기만 한 게 아니었다. 연습을 어느 정도 마친 우리는 실제 공연도 했다. 초등교 4학년 때였을까. 단임 복은 없어도 우리 반은 강당을 칸막이해서 배정받은 교실이 하필이면 무대가 딸린 교실이었다. 어쩌면 그 덕에 우리는 감히 악극흉내를 해볼 생각을 한 건지도 몰랐다.

해방 후 의무교육이 실시되면서 갑자기 학생 수가 늘어 교실이 부족했다. 어쩔 수 없이 칸막이해서 교실로 사용한 강당은 예사 건물이 아니었다. 조선시대 객사인 용성관龍城館으로, 일제강점기 우리 소읍에 초등학교가 신설되면서 학교부지로 통합돼 남원용성공립보통학교로 거듭 태어나기에 이르렀다.

지금은 우리의 추억이 깃든 강당 용성관은 없어진 지 오래다. 6·25전쟁 중 공습으로 불타버렸기 때문이다. 그 잿더미 위에 현대식 건물이 지어져 그 흔적조차 찾아보기 힘든, 꿈엔들 잊을 수 없는 추억의 용성관…. 요즘도 노 작가를 만나면 악극흉내를 냈던 그 추억의 용성관이 공습에 소실된 것을 우리는 얼마나 아쉬워했는지 몰랐다.

　며칠이 또 지났다. 그날도 나는 친구 휴대폰에 신호를 보낸다. 나요, 하는 친구의 반가운 목소리를 기대했지만, 여전히 신호는 묵묵부답이다. 친구의 목소리를 듣지 못한 게 그지없이 아쉽지만, 일단 나는 마음을 놓는다. 폰을 받지 않는다는 건 아직 폰주인이 바뀌지 않았다는 거고, 곧 친구가 아직 살아있다는 얘기 아닌가.
　언젠가는 친구의 막힌 후두가 확 뚫린 날이 오리라 나는 굳게 믿었다. 노 작가와 셋이 만나 그 고샅의 추억을 더듬고, 꿈 많았던 시절의 우정을 다시 한번 나눌 수 있기를 기대하고 싶었다. 나의 그런 간절한 마음을 친구는 알까, 모를까.
　노 작가에게 전화를 걸까 하다가 그만둔다. 나의 간절함을 노 작가는 보나 마나 먼 산 보듯 할 게 뻔하다. 친구에 대한 나쁜 기억을 지우지 않은 한 노 작가의 태도가 그리 쉽게 바뀔 성싶지 않다.
　친구에 대한 걱정을 덜기 위해 노트북을 부팅한다. 차일피일 미뤄온 청탁 칼럼을 써볼까 해서다. 뭔가 열중하다 보면 사경을 헤매는 친구도 잠시 잊을 수 있지 않을까 싶다.
　한데 그게 아니다. 여전히 자판기 위에 친구의 얼굴이 어른거린다. 언젠가 천안에서 친구의 안정된 생활을 보고 마음이 흐뭇

했던 일이 어제 일처럼 떠오른다. 늙마에 비로소 안정된 모습을 찾은 친구는 무척 행복해 보였다⋯.

　친구는 천안에서 살았다. 전화해 올 때마다 친구는 나와의 간곡한 만남을 바랐다. 그 바람을 마냥 강 건너 불구경하듯 할 수 없어 어느 날, 나는 벼른 끝에 친구가 사는 천안에 내려가기로 마음먹었다. 현업에서 손을 내려놓고, 겨우 칼럼니스트로 언론인 행세를 해오고 있는 나로선 더 이상 바쁘다는 핑계를 둘러댄다는 게 왠지 속이 들여다보였다.
　버스로 서울역 환승 정류장에 내려 신창 행 1호선 전철을 갈아탔다. 친구에게 미리 알기 쉽게 천안역에 내릴 테니 11시 반쯤 거기서 만나자는 약속을 해뒀다. 역마다 서는 전철은 예상한 대로 천안역까지 한 시간이 훨씬 넘게 걸렸다. 그래도 약속 시간 10분 전에는 도착했다.
　나의 놀람은 천안역에 도착해서였다. 개찰구를 나서자 곧 작달막한 체구에 매부리코, 똘망똘망한 눈빛을 한 친구는 손을 번쩍 들고 다가서며 나를 반겼다. 옆에 다소곳이 서 있는 웬 아낙을 가리켜 우리 집 며늘애야, 소개한 뒤 친구는 며느리에게도 인사해, 귀한 분이시다, 인사를 시켰다. 어찌 생각해도 며느리까지 대동한, 분에 넘치는 환영이었다.
　역사 밖으로 나오니 승용차가 대기하고 있었다. 운전석에 앉은 며느리는 명령이 내리기를 기다리는 병사 같았다.

"뭘 좋아해…요?"

친구는 여전히 말을 놓지 않으려 애썼다.

"아무거나 뭐…."

"육식? 아니, 생선회 잘하는 집이 있는데…요?"

"아무래도 횟집이 낫겠지. 나이 든 우리에겐."

"그 집 알지? 거기로 가자!"

친구는 며느리에게 지체하지 않고 명령을 내렸다. 마치 소대장처럼. 명령을 하달받은 며느리도 병사처럼 힘차게 넷, 아버님, 복창하고 출발했다.

10분쯤 갔을까. 큰길에서 골목으로 조금 꺾어 들어간 그 횟집은 생각보다 크지 않았다. 스끼다시가 푸짐해서…, 중얼대며 안으로 들어가다 만 친구는 고개를 돌려 며느리에게 여전히 명령조로 말했다. 좀 있다 전화하면 와! 일사불란한 친구의 행동에 나는 그저 어안이 벙벙할 뿐이었다.

친구와 나는 음식상을 사이네 두고 마주 앉았다. 친구와 마주 앉은 게 얼마 만인가. 생각건대 좋이 20년 30년도 더 된 성싶었다.

대낮이었지만 술 한잔 안 할 수 없었다. 평소 술을 잘 마시지 않은 나는 그날만은 이상하게 술이 당겼다. 친구와 대작하면서 절로 그 옛날 그 고샅에서 있었던 어릴 적 일이 화두에 올랐다.

특히 아무나 해내기 어려운 악극 대본을 거뜬히 써낸 친구와 한잔하고 있자니, 갑자기 친구의 글재주가 묻혀버린 게 왜 그토록 아쉬운지 몰랐다.

술기가 오른 나는 따지듯 친구에게 말했다.

"야 너, 그 좋은 재주, 글재주 어디다 패대기친 거냐?"

하지만 친구는 왜 새삼 그 얘기냔 듯 말을 피하더니만, 느닷없이 말꼬리를 엉뚱한 데로 돌렸다.

"용식인가, 그 잘난 극작가는 자주 만나는 거여?"

술기운이 오른 탓이지 친구는 평소 때와 달리 말끝에 숨죽여 붙이는 '요'도 빼먹었다.

"묻는 말, 꿀꺽해버리고 웬 딴청이냐?"

나도 심술이 좀 뻗쳤다.

"하나도 재미없는 얘기 아녀. 술맛 떨어진 얘기, 딱 질색이여."

"지금도 나는 니 글재주, 그렇게 아쉬울 수 없다, 그 거야."

"다 철없고 부질없던 때의 일 아녀."

끝내 친구는 그 얘기에 관한 한 더 입을 뻥긋하려 들지 않았다. 아니, 뒤돌아보고 싶지 않은 게 분명했다.

본인이 애써 말하기 싫어하는 화제를 자꾸 다그치는 것도 좀 그랬다. 자칫 친구의 열등의식, 자존심을 상하게 할 수 있다는 생각도 퍼뜩 들었다. 슬그머니 나는 노 작가 쪽으로 말머리를 돌렸다.

"노 작가하고는 자주 연락하고 있어?"

"내가 왜 그 짜식을?"

어느 정도는 예상했던 일이지만, 그 반응이 너무 강경하고 싸늘했다.

"왜, 기분 상하는 일이라도?"

"한마디로 건방져! 그렇게 잘난 작가여, 지가?"

"그럼, 연극계에선 거물이지."

"벼는 익을수록 고개를 숙인다 하자녀."

나는 다시 그들의 사이가 보통 어그러진 게 아니라는 걸 짐작했다.

둘은 누가 뭐래도 나와는 달리 동갑내기 불알친구였다. 집안 사정으로 나는 3년이나 학교를 꿇어 그들과 한 고샅, 같은 학년, 같은 반이 되었지만 둘은 초등학교를 졸업할 때까지 쭉 한 고샅에서 낳고 자란 깨복쟁이 동무랄까. 성인이 되고 서로 생활환경이 달라졌을지언정 결코 변할 수도, 변해서도 안 될 우정을 나누리라 여겼다. 내가 그들과 떨어져 지낸 새, 도대체 그들에게 무슨 일이 있었던 걸까?

돌이켜보면 친구는 그 고샅에서 같이 지냈을 때와는 달라도 너무 달랐다. 어느 날인가, 친구는 불쑥 회사로 나를 찾아온 일이 있었다. 각자가 사회일원으로서 어느 정도 자리를 잡아갈 무렵이었다.

친구와 마주했을 때 나는 내 눈을 의심했다. 행색이 기대와는 너무 달랐기 때문이었다. 내 시선을 애써 피하며 묘한 웃음을 흘리는 친구의 모습에서 비굴함 같은 게 물씬 풍겨왔다.

회사 근처 커피숍에서 친구와 마주 앉았다. 될 수 있는 한 친구의 눈에 시선을 주지 않은 채 말을 걸었다.

"그러니까 이게 얼마 만이지, 우리가!"

"거의 30년쯤 안 됐을까…요."

"초등학교 졸업 무렵부터 지금까지, 그렇게나 많은 시간이 흘러버렸네!"

"짧지 않은 세월, 덧없이 허송해버린 거지…요."

"허송했다니?"

"그쪽은 그렇게 의젓한데 난 이 모양, 이 꼬락서니니…."

"…."

나는 뒷말을 잇지 못했다. 친구의 자기 비하에 적절히 대꾸할 말이 생각나지 않았다. 분위기를 바꿀 필요가 있다는 생각이 들었다.

"일하다 잠깐 나왔거든. 저녁때 다시 만날까. 오랜만에 한잔해야 하잖아?"

"아녀. 저녁때 다른 약속이 있어서…요."

노 작가 말로는 술고래라고 들었는데 친구는 극구 사양했다. 그리고 한참을 망설이더니 웬 도장집 하나를 내밀었다.

"그쪽 도장을 내가 하나 새겨 봤는데…요. 맘에 들지 모르지만…요."

나는 금세 눈치챘다. 부리나케 카운터로 간 나는 봉투 하나를 얻어 지갑에 들어있는 돈을 몽땅 꺼내 집어넣고 자리로 돌아왔다.

오랜만에 같이 한잔하고 싶었는데, 시간이 안 된다 해서 내 섭섭한 마음을 조금 담았어, 친구 손에 봉투를 쥐어줬다. 기다렸다는 듯 친구는 냉큼 봉투를 받아 쥐고 눈앞에서 금세 사라졌다. 그리고 난 뒤 나는 곧 그 일을 까맣게 잊어버렸다.

한참 뒤 노 작가를 만났다. 이 얘기 저 얘기 끝에 무심코 나는 친구의 근황을 물었다.

"누굴 말하는 거지…요?"

"이상경, 손재주 많던 그 친구 있잖아."

"혹 그 사람, 안 찾아왔어…요?"

"왔다 갔지. 도장 판 거 가지고. 남다른 손재주로 아예 그길로 빠진 건가?"

"차라리 그길로 빠지면 누가 뭐래…요. 한데 그 친구, 아는 사람 죄 찾아다니며 동냥질이지 뭐여. 그래, 도장값 줬어…요?"

"도장값이라기보다…."

"그럴 줄 알았어. 차라리 도장포라도 내서 아예 그 재주로 생활 터전을 삼으면 얼마나 떳떳해…요. 맨날 술타령이 아니면 그처럼 손이나 벌리고 다니니."

노 작가는 입에 거품을 품었다. 그 친구가 미워서라기보다 안타까움에서 나온 역정이리라. 우리 셋 중 누구보다 재주가 무궁무진한 친구인데 말이다.

노 작가의 말로는, 고교를 졸업한 친구는 대학 진학을 포기하고 곧장 사회에 뛰어들었다 한다. 대학 갈 형편이 못된 탓도 있지만, 워낙 본인 자신이 공부 등에는 담을 쌓았고, 사회의 단맛에 그대로 빠져들고 말더라는 것.

가정이 없는 것도 아니란다. 버젓한 아내와 아들만 둘을 뒀다지 뭔가. 열심히 살아도 될까 말까 하는 험한 세상에 맨날 그처럼 술독에서 헤어나지 못하니, 어느 누가 그 친구를 반기겠느냐 게 노작가의 탄식이었다.

때문일까. 그 뒤부터 노 작가는 그 친구와는 일절 소식을 끊고 지내 온 듯싶었다. 친구 아들이 사업에 성공, 천안에 둥지를 틀고 노년을 편안하게 살아가고 있는 것도 노 작가는 까마득히 모르고 있었다.

그 친구도 굳이 노 작가를 찾는 것 같지 않았다. 골이 깊어질 대로 깊어진 탓인지 서로 소식을 끊고 지내는 게 분명했다. 언젠가 천안에서 친구를 만났을 때 노 작가를 두고 '한마디로 건방져, 그렇게 잘난 작가여, 지가?' 입가에 떠운 친구의 조소嘲笑가 좀처럼 나의 뇌리에서 지워지지 않았다.

친구는 여전히 사경을 헤매고 있는 게 틀림없다. 그날도 아침에 일어나자마자 친구의 병세가 궁금한 나는 곧바로 친구의 휴대폰에 신호를 보낸다. '야, 목소리가 안 나와. 아무래도 후두암에 걸렸지 싶어.' 심한 기침을 하며 전화를 끊던 친구의 목소리만이 귀에 앵앵댈 뿐, 도무지 신호를 가로챌 기미가 보이지 않는다.

지나친 욕심일까. 친구가 병상을 훌훌 털고 일어나거나, 아니면 숨을 거두기 전이라도 어떻게든 나는 노 작가와의 거리를 좁혀보고 싶었다. 친구가 조금이라도 의식을 되찾기만 하면, 불문곡직하고 노 작가를 천안의 친구병실로 끌고 가려고 단단히 벼렸다. 그럼에도 불구하고 친구와 노 작가가 여전히 자존심을 꺾지 않는다면, 나 역시 '그 고샅의 추억' 같은 거 패대기치고 그들과의 우정도 말끔히 털어낼 참이었다.

친구의 폰은 변함없이 무반응이다. 헛도는 신호 소리만이 공허하다. 여보시오, 금방 투박한 친구의 목소리가 튀어나올 법하건만, 허허한 침묵만이 흐를 뿐이다. 그날따라 친구 휴대폰 번호를 누르는 손가락이 왜 그리 떨리는 걸까.

실망감을 곱씹으며 막 폰을 끊으려는데 불쑥 뛰어든 목소리.

"상경이냐?!"

부리나케 나는 소리를 내질렀다.

"누굴 찾으시는 거죠?"

"이상경, 그 사람 휴대폰 아닌가요?"

"주인이 바뀐 지 얼마 됐는데요."

"…."

말문이 막혔다. 가슴이 내려앉았다. 핸드폰 주인이 바뀌었다고? 그렇담 친구는 이미 이 세상 사람이 아니란 말 아닌가. 어느만큼 친구의 죽음을 예상 못한 건 아니지만, 깊은 탄식이 입에서 저절로 새 나왔다.

나는 득달같이 노 작가에게 전화를 넣었다.

"이봐, 이상경 휴대폰 주인이 바뀌었어."

"그럼, 죽었다는 거네."

"그런가?"

"한발 늦었네. 살아생전 쌀쌀맞은 거, 결코 본심이 아니었다 말하고 싶었는데…."

"그래, 그게 본심이었지!"

몇 번이고 나는 '본심'이란 말을 되뇌며 노 작가와의 전화를 끊었다. 그 고샅의 훈훈한 우정을 새삼 음미하며 나는 친구의 영면永眠을 마음속 깊이 빌었다. 노 작가도 마음속 깊이 친구의 영면을 빌었으리라.

끼리끼리 차차차

오후 1시가 되자 득수는 곧 그 여자가 나타날 거라는 기대를 접는다. 약속 시간을 넘기면서까지 나타날 여자가 아니라고 직감했기 때문이다.

순간, 득수는 건너편 여자와 눈이 마주친다. 약속이나 한 듯 두 시선은 얼른 소스라쳐 딴청이다.

금세 눈을 피한 득수는 묘한 느낌을 받는다. 조금 전 바람맞은 사람 같잖게 들썩들썩, 가슴 한구석이 열리는 기분이 아닌가.

건너편 여자도 누군가를 기다리고 있던 게 분명하다. 그렇지 않고야 그처럼 손목시계, 출입문을 번갈아 볼 까닭이 없다. 한 가지 이상한 점이 있다면 사람을 기다리는 여자치고는 그 표정이 너무 태연하다.

정각 1시가 되자 누구도 나타나지 않은 걸 확인한 여자는 입술에 묘한 웃음을 짓는다. 아니, 홀가분한 표정이 역력하다. 눈빛이 도끼눈인 건 뭔가에 자존심이 상하거나, 그런 감정을 애써 숨기지 않은 탓이리라. 십중팔구 건너편 여자도 누군가로부터 바람맞은 게 틀림없다고 득수는 짐작한다.

바람맞은 남자가 바람맞은 여자에게 손을 내밀면 어떨까? 거기까지 생각이 미치자 득수는 망설이지 않고 벌떡, 자리에서 일어난다. 성큼성큼, 건너편 여자가 있는 쪽으로 걸어간 득수는 주저하지 않고 여자가 앉아 있는 건너편 의자에 털썩 주저앉는다.

"끼리끼리 반갑네요."

"끼리끼리라고?"

당돌한 득수의 대시에 여자가 눈을 치뜬다. 어떻게 된 걸까? 치뜬 여자의 눈은 그렇듯 경계하는 기색이 없다. 득수는 한층 대담해진다.

"방금, 바람맞은 거 맞죠?"

"바람맞은…, 그래요. 근데, 그게 어쨌다는 거죠?"

"끼리끼리라고 했잖았던가요."

"그럼, 그쪽도 그 시간에?"

"맞아요, 보기 좋게 당했어요. 그쪽처럼."

푸푸 하하, 갑자기 두 사람의 입에서 웃음이 터져 나온다.

잠시 뒤 여자가 입을 연다. 여자도 보통내기는 아닌 듯싶다.

"그럼, 바람맞은 사람끼리 한번 사귀어 볼래요?"

"끼리끼리 차차차, 예술은 길고….”
"끼리끼리 차차차, 인생은 짧다….”
두 남녀는 척척, 손발이 잘 맞는다. 오래전부터 사귀어온 연인처럼 스스럼없는 웃음이 왁자지껄하다. 주위의 시선일랑 아랑곳없이.

정애는 집에 돌아와서도 웃음을 참을 수 없었디. 옆에서 지켜보던 정애의 엄마가 그냥 지나치지 않았다.
"왜 그래, 실성한 사람처럼….”
"오늘 낮에 재밌는 남자를 만났거든, 엄마.”
내숭 떨지 못하는 정애도 속내를 감추지 않았다.
"재밌는 남자라고?”
"그래요, 엄마. 그 남자, 솔직한 게 사귈 만하단 믿음이 갔지 뭐예요.”
"소개팅으로 만난 그 남자 말이냐?”
"소개팅? 그 남자?”
정애의 입에서 금세 웃음기가 가신다. 궁금해하는 엄마에게 바람맞은 얘기를 들려줄까 말까 하다 그만둔다. 지난 일에 관한 한 입도 뻥긋하기 싫어하는 게 정애의 성미다.
잠시 정애의 눈앞에 바람맞힌 소개팅 남자가 얼씬댄다. 그 남자는 몇 차례 만날 때까지 결혼도 생각해볼 만할 사내라는 믿음이 없었던 건 아니다.

하지만 어느 날, 그 남자는 정애에게 물었다.

"결혼하면 홀어머니를 누가 모시는 건가요?"

"당연히, 우리가 모셔야겠죠."

"아, 네⋯."

그날 뒤부터였다. 만날 때마다 경제적 이익을 내세우며 조기 결혼을 보채어 온 남자의 태도가 싹 달라진 건. 그리고 그날 그 시간, 만나기로 한 카페에 남자는 코빼기는커녕 연락조차 하지 않았다. 정애는 곧 깨달았다. 홀어머니를 모시고 싶지 않은 남자의 결별 통고라는 것을.

불쾌감이 모닥불처럼 피어올랐다. 주먹을 쥔 채 씩씩대고 있는 정애가 건너편 남자의 눈길을 느낀다 싶을 때 어느새 건너온 남자는 불문곡직, 끼리끼리 차차차 어쩌고저쩌고 사귀어 보자며 보채지 않았던가. 그렇지 않아도 불쾌감을 삭이는 중인 정애는 울화가 치밀어 흘깃, 혼쭐을 낼까 말까 앞에 앉은 사내를 건너봤다.

순간, 정애의 감정은 순식간에 녹아들었다. 불쾌감은커녕 무모한 그 남자가 그렇듯 멋져 보일 수 없었다. 어딘지 모를 외로운 그림자가 스친, 이목구비가 또렷한 남자에게 정애의 마음은 여지없이 흔들리고 말았다.

득수는 바람맞은 게 천만다행이라 여겼다. 가뜩이나 그 맞선 여자와는 떨떠름한 터였다.

　주위의 권유로 맞선을 보긴 했지만, 득수는 이내 후회스러웠다. 첫눈에 웃음기라곤 찾아볼 수 없는 여자가 마음에 안 닿았고, 차가움마저 오싹 느껴졌다.

　득수는 차가운 건 딱 질색이었다. 사귀고 싶은 마음이 뒷걸음치는 득수에게 여자가 느닷없이 말을 걸어왔다.

　"커피, 안 시킬 건가요?"

　어느새 여자의 차가운 얼굴에 온기가 흐르고 있었다.

　깜짝 놀란 득수는 얼른 커피 두 잔을 시켰다. 그리고 곧 마음을 바꿨다. 첫인상만으로 사람을 속단한 게 얼마나 경솔한 짓인지 새삼 느꼈다.

　속단의 뉘우침 때문이었을까. 또 자주 만나다 보니 매사에 깐깐하고 계산적이긴 하지만, 정겨움과 따뜻함이 전혀 없는 여자가 아니라는 생각도 들었다.

　6개월이 흘러간 어느 날, 카페에서 여자가 물었다. 결혼하면 신혼을 어떻게 꾸리겠느냐, 부모님을 모셔야 하느냐고 물었다.

　득수는 당황했다. 한 번도 그런 문제를 깊이 생각해 본 적이 없었다.

　"난 가족이 없어요. 천애 고아라고요."

　여자는 그날부터 소식을 끊었다. 득수는 망설인 끝에 전화를 걸었다. 혹여 기분 상하게 한 일이 있느냐, 오해가 있으면 만나서

푸는 게 어떠냐고 넌지시 여자의 반응을 떠봤다.

"그래요. 우리, 못 만나야 할 이유는 없겠죠. 다만 그 시간, 거기에 내가 나타나지 않으면 우리의 관계는 없던 걸로 해요. 무슨 뜻인지 알죠?"

득수는 그렇게 해서 바람맞았다. 처음에 느낀 대로 차가운 여자였지만 득수는 불쾌하기는커녕 홀가분했다. 같은 장소에서 같이 바람맞은 여자가 새삼 가슴을 뛰게 했기 때문은 아닐까.

덕수는 서울 은평뉴타운에 살았다. 북한산이 병풍처럼 늘어서 있고, 군사지역으로 고도 제한 탓인지 고층 아닌 저층아파트 단지라는데 마음이 끌렸다.

정애의 집은 일산 강촌마을이었다. 은평뉴타운에 사는 득수가 일산에 사는 정애를 만난 게 우연이 아니란 생각도 들었다. 구파발역에서 3호선 전철을 타고 마두역에서 내리면, 얼마 걷지 않아 바로 엄마와 단둘이 사는 정애의 15평 남짓 아파트가 거기 있었다.

득수와 정애는 여러 가지 면에서 공통점이 많았다. 세상을 보는 눈은 말할 것 없고, 세상을 살아온 처지도 크게 다르지 않았다.

득수는 천애 고아로 자랐다. 정애도 자라온 환경이 득수와 비슷했다. 홀어머니와 단출하게 사는 것부터가 그랬다. 어렸을 때 아버지를 잃은 정애는 형제자매는커녕 가까운 일가친척도 없었다.

동병상련同病相憐이었을까. 아니면 세상을 어렵게 살아온 것과 달리, 디오니소스적 성정, 솔직 명쾌한 성격이 서로를 한층 가깝게 했는지 몰랐다. 몇 차례 만나는 사이, 득수와 정애는 하루도 못 만나면 못 견딜 만치 서로를 찾는 관계로 급진전했다.

누가 먼저랄 게 없었다. 퍼뜩, 먼저 생각나는 쪽이 연락했다. 일과가 끝난 뒤뿐이 아니었다. 해가 중천에 떠 있는 대낮에도 불쑥, 전화를 걸면 특별한 일이 없는 한 그들은 득달같이 만나기로 한 장소로 달려가기에 바빴다.

그날은 토요일이었다. 먼저 전화를 건 득수는 집 근처 카페로 정애를 불러냈다

하릴없어 하품만 늘어지게 하던 정애는 그렇지 않아도 득수에게 전화를 걸까 말까 망설이는 중이었다. 얼른 책상을 정리한 정애는 쏜살같이 득수가 기다리는 카페로 달려갔다.

정애는 TV방송사에서 구성작가로 일했다. 벌써 그 일을 해온 지 어느새 10여 년 차, 그 일로 잔뼈가 굵을 대로 굵었다.

정애는 중2 때부터 방송사에서 일했다. 처음은 제작부에서 사환으로 아르바이트를 시작했지만, 성실함이 인정돼 자그마치 여고 졸업 때까지 그 일을 계속할 수 있었다.

뿐만이 아니었다. 방송사 제작업무의 경험과 제작부 PD들의 적극적 지원 아래 정식사원이 된 적도 있었다. 그 덕에 정애는 주경야독晝耕夜讀의 기회를 얻었고, 야간부지만 대학도 마쳤다. 그

리고 언니처럼 따르던 드라마작가의 길라잡이로 구성작가로 거듭 태어나 오늘에 이르렀다.

일요일 새벽. 요의를 느낀 득수는 부스스 잠을 깬다. 왠지 옆이 허전하다. 부리나케 옆을 더듬는다. 분명 곤히 잠들어 있을 정애가 보이지 않는다. 그 자리에 쪽지 하나가 덩그레 놓여 있다.
'딸의 외박으로 엄마가 밤새 잠을 설칠 거 같아 조용히 빠져나가요.'
득수의 입에 웃음이 번진다. 간밤의 일이 아지랑이처럼 눈앞에 어른댄다.
정애는 배 위의 득수를 결단코 떠밀지 않았다. 물 흐르듯 몸을 내맡겼다. 거친 겉보기와 달리 정애는 모든 걸 다소곳이 받아들였다.
토요일인 어제 오후, 득수는 정애를 불러내 영화를 관람했다. 영화를 관람하기 전까지만 해도 아무렇지 않던 감정이 영화를 본 뒤 그만 뒤엉켜버렸다. 진한 러브신 때문이었을까. 영화관을 나올 때부터 서로는 똑바로 얼굴을 쳐다보지 못했다. 한껏 들떠 있는 몸을 가누기 힘든 듯.
저녁을 먹으면서도 득수와 정애는 별말이 없었다. 여전히 서먹한 눈길을 어쩌지 못한 채.
득수는 뭔가 원하는 감정을 감추고 싶지 않았다. 사랑하는 사람끼리였다. 뭘 주저한단 말인가. 저녁을 먹고 난 뒤에도 시간은 남고 넘쳤다.
"우리 집이 요 근처거든. 가서 가볍게 와인 한 잔 안 할래?"
불쑥, 말을 꺼내 놓은 득수는 정애의 눈치를 살피기에 바빴다.
"넘 남는 시간, 와인으로 입술 추기는 것도 나쁘지 않잖을까?"
"그러지 뭐…."
뜻밖이었다. 좀은 서먹한 말투였지만, 정애는 굳이 엉덩이를 빼지 않고 순순히 득수를 따라나섰다. 어쩌면 정애도 득수의 손길을 기다리고 있었던 건 아닐까.
피붙이 하나 없이 살아온 삶이었다. 게다가 얼마 전, 득수는 고아라는 이유로 미팅에서 보기 좋게 퇴짜를 맞았다. 정애도 마찬가지였으리라. 끼리끼리의 외로움을 달래는 게 뭐 그리 흉이랴 싶은 득수는 염치불문, 정애를 침실로 끌었다. 정애는 저항하지 않았다. 스스로 하나둘 옷을 벗어 던지고 조용히 득수의 품에 안겼다.
득수는 변호사였다. 서초동, 법원 근처에 사무실이 있었다. 득수가 전문적으로 다루는 분야는 이혼과 가사 문제. 인간관계가 늘 아쉬운 득수는 이혼과 가사에 얽히는 문제를 다룸으로써 복잡한 인간관계에 한 걸음 더 다가가고 싶었다.
이제는 남의 일이 아니었다. 남의 인생도 아니었다. 정애와 함께 우리의 문제를 슬기롭게 풀어가야 한다고 생각하니 득수는 새삼 힘이 불끈 솟았다.

그런 일이 있고 난 뒤부터 득수와 정애는 더욱 스스럼없이 만났다. 나중에는 엄마와 둘만이 사는 집, 정애의 방에서 잠자리도 하리만치. 엄마의 적극적 등 떠밀림에 못 이긴 채 자연스레 합방했지만.

정애의 엄마는 보통 화통하지 않았다. 그만치 매사에 적극적이었다. 그날도 득수는 마두역 근처 카페에서 정애를 만나고 있을 때였다. 느닷없이 딸에게 전화를 건 정애 엄마는 다짜고짜 다그쳤다.

"누구랑 같이 있는 거지?"

"누군 누구야, 친구지. 참 엄마도, 누구랑 같이 있는 것까지 보고해야 해?"

엄마는 그날따라 집요했다. 꼬치꼬치 압박해오는 엄마의 궁금중에 정애는 진땀을 뺐다.

"뭔가 예감이 왔다고? 남자와 같이 있는 거, 맞냐고? 엄마도 참, 그러다 족집게 무당 되는 거 아뇨. 잔말 말고 그 남자, 싸게 집으로 데려와 보라고? 아니, 엄마? 엄마? 나 참, 정말 못 말려, 울 엄마…."

보나 마나 엄마는 할 말만 하고 전화를 끊은 거 같았다. 정애는 계속 어이없는 표정을 한 채 흘깃, 득수의 눈치를 봤다. 모녀의 통화내용을 들었던 득수는 시치밀 떼고 정애가 먼저 무슨 말인가 해오기를 기다렸다.

하지만 정애는 선뜻, 같이 집에 가자는 말을 꺼내지 못했다. 쑥스러운 표정이 그대로 눈에 들어오자 득수는 더 이상 참고 기다릴 수 없었다. 먼저 손을 내밀어야 할 거 같다고 생각한 득수는 벌떡, 자리를 차고 일어섰다.

"언제까지 그렇게 청승 떨고 있을 건데?"

득수는 와락, 정애의 팔을 끌어 일으켜 세웠다.

정애는 못 이긴 채 자리에서 일어났다. 거침없는 겉보기와 달리 정애도 여느 여자나 다름없는 수줍음이 있다는 걸 득수는 처음으로 알았다.

설핏, 잠이 깬 정애는 옆을 돌아본다. 으레 곤히 잠들어 있으리라 여긴 덕수가 보이지 않는다. 화장실에라도 갔나, 무심코 방문 쪽을 향한 정애의 눈길이 득수가 자던 잠자리에 멈춘다. 쪽지 하나가 눈에 띈다.

'어젯밤, 35년의 외로움이 한꺼번에 풀린 거 같아. 가정이라는 거, 가족이라는 게 그처럼 끈끈한 줄 몰랐어. 엄마의 그 화끈한 정겨움을 영원히 간직하고 살면 안 될까?'

정애는 피식 웃었다. 어젯밤 어린애처럼 굴던 득수가 눈에 선했다. 득수는 맥주 몇 잔 홀짝댔을 뿐인데 한껏 들떠 있었다. 걸핏하면 엄마를 부둥켜안고 브라보를 외쳐댔다. 정애는 그런 득수가 싫지 않았다. 귀엽고 사랑스러웠다.

엄마도 마찬가지였다. 가뜩이나 활달하고 기분파인 엄마는 처음부터 득수를 마음 든든한 딸의 반려자로 점찍은 것 같았다. 오랜 세월 떨어져 지낸 살붙이를 대하듯 얼마는 득수를 살갑고 정겹게 원더풀을 연발하며 환영했다.

엄마는 술이 센 편은 아니었다. 주량이래야 겨우 병맥주 한 병 정도. 하지만 기분은 수십 병을 마신 것처럼 늘 들떠 있었다. 기분이 맞으면 뭐든 오케이, 예스였고. 도무지 거절이라는 걸 몰랐던 울 엄마….

갑자기 정애의 얼굴이 어두워진다. 멋쟁이 엄마의 그 후한 마음 씀씀이 때문에 겪지 않아야 할 시련을 겪었던 일이 눈앞을 스쳤기 때문이었다.

엄마는 아빠 얘기를 그다지 하려 들지 않았다. 아니, 아예 무시한 듯싶었다. 어렸을 때부터 눈치 빠른 정애도 굳이 아빠 얘기를 입에 올리길 꺼려했다. 그만치 모녀 사이에서 남편, 아빠의 존재는 무의미했는지 몰랐다.

엊저녁, 엄마는 밤이 깊어 일어서려는 득수를 굳이 잡아 앉혔다. 뭔 소리야, 자고 가야지, 엉덩이를 들썩이는 득수를 붙들어 앉히기에 안달이었다. 콧구멍만 한 집에 잘 방이 어디 있어, 엄마? 정애가 애써 말렸지만, 엄마는 막무가내였다. 어느 날 밤, 딸의 외박이 득수 때문이라는 걸 알고 있는 엄마는 꽁무니를 빼는 득수를 한사코 딸 방으로 밀어 넣었다.

시간은 거침없이 지났다. 그 사이 득수와 정애는 같은 집에 살지 않았을 뿐, 양쪽 집을 들락거리며 부부처럼 지냈다. 몇 번이고 득수는 이쯤 두 집을 하나로 합치자, 말을 꺼내고 싶었지만 차마 입이 떨어지지 않았다. 구속을 끔찍이 싫어하는 정애의 반발을 거슬리고 싶지 않기 때문은 아니었을까.

득수는 차츰 마음이 들썩이기 시작한다. 덩그렁 집에서 홀로 지내는 게 그토록 지겨울 수 없다. 정애를 만날 때마다 넌지시 떠본다. 두 집을 하나로 합치면 어때? 하지만 정애의 반응은 한결같다. 아니, 두루뭉술 그냥 지나쳐버린다. 그런 문제로 애써 머리 쓰고 싶지 않은 게 분명하다.

한마디로 정애는 그렇다. 따로따로 지낸다 해서 달라질 게 뭐 있느냐다, 불편하기는커녕 그만큼 서로에게 신경 안 쓰니 얼마나 편하고 자유스럽냐는 거다.

득수는 약이 오른다. 득수의 진심을 조금도 거들떠보지 않은 정애가 그렇듯 원망스러울 수 없다. 끝내 삐지고 만 득수는 정애에게 전화도 하지 않은 채 혼자서만 끙끙 앓는다.

떨떠름한 일주일이 지났다. 정애한테 전화가 걸려왔다. 요즘, 왜 통 연락을 안 한 거지? 삐진 거야, 뭐야? 득수가 대꾸할 새 없이 정애는 당장 오늘 저녁때, 마두역 근처 그 카페에서 만나. 그리고 정애는 찰칵 전화를 끊었다.

득수는 좀 당황스럽다. 정애의 말투가 너무 냉랭하기 때문이다. 뭔가 단단히 화가 나 있다고 생각하니, 정애의 말대로 삐진 게 백번 후회스럽기도 하다.

득수는 약속 시간 10분 전쯤 카페에 도착한다. 카페 문을 밀치고 들어선 득수는 눈이 휘둥그레진다. 언제 왔는지 정애가 구석 테이블에 앉아 있다. 넋이 빠진 사람처럼. 좀처럼 보기 힘든 모습이 아닌가. 정애는 언제나 약속 장소에 미리 오는 법이 없다. 늦어도 겨우 5분 뒤면 헐레벌떡 들이닥치지만.

정애가 저렇듯 먼저 와 넋을 빠뜨리고 있다면? 심상찮은 예감을 느낀 득수는 발소리를 죽이며 정애가 앉아 있는 앞자리로 가 조용히 앉는다.

"오래 기다렸어?"

"…"

정애는 앉음새를 고쳤을 뿐, 여전히 심드렁하다.

"왜 그래? 그동안 전화 안 한 걸 두고 삐진 거야?"

"그럼, 이게 예삿일이야?"

정애가 눈을 치뜬다. 섬뜩한 가시눈이다. 더욱 몸을 움츠린 득수는 분위기를 바꿔볼 양으로 차부터 주문하기 위해 자리에서 일어선다. 조심스럽게 정애에게 뭘 마실 거냐고 묻는다.

"따뜻한 우유….”

정애는 커피 마니아다. 고개를 갸웃댄 득수는 아무 소리 않고 주문대로 가서 따뜻한 우유와 아메리카노 한 잔을 시킨 뒤 자리로 돌아온다.

정애는 테이블에 갖다 놓은 우유는 손도 대지 않은 채 한숨만 들이쉬고 내쉬더니 무거운 입을 연다.

"나, 아이 가졌어.”

"….”

순간, 득수는 귀를 의심한다. 아니, 꿈을 꾸고 있는 것 같다. 마음 같아선 기뻐 날뛰고 싶지만, 날카로워질 대로 날카로워진 정애 앞이라 기쁨을 꾹꾹 누른 채 계속 정애의 표정을 살피기에 바쁘다.

한참 만에 다시 정애가 입을 연다.

"아이는 낳아 내가 기를 거야!”

득수는 정애의 손을 와락 끌어안는다. 떨리는 소리로 외친다.

"잘 생각했어, 정애. 우리, 이제 더 이상 망설이지 말자, 응?”

득수는 더 이상 기쁨을 감추고 싶지 않았다.

"좋아하지 마. 그렇다고 우리의 현재가 달라지지 않아. 쓸데없는 상상, 기대는 하지 않은 게 좋아. 무슨 뜻인지 알지?”

정애는 의외로 단호하다. 아니, 아이 아빠의 입장 같은 건 아예 안중에 없는 듯. 그게 왜 그처럼 득수는 서운 섭섭한지 모른다.

그렇지만 득수는 한발 물러서기로 마음먹는다. 아이를 가져 신경이 예민해진 정애를 더 이상 자극하고 싶지 않기 때문이다. 오늘만은 애써 정애의 결심을 받아들인 척 물러서자. 득수는 아무 말 없이 영양가 있는 저녁을 먹인 뒤, 정애를 집에까지 바래다 주는 것으로 조용히 넘어간다.

집으로 돌아온 득수는 선뜻 잠을 청하지 못한다. 아무리 고쳐 생각해도 정애의 눈치만 보며 손 놓고 있을 수 없을 듯싶다. 밤새도록 뒤척인 끝에 득수는 일을 저지르기로 마음을 굳힌다.

그렇다. 당장 짐을 싸 들고 정애의 집으로 쳐들어가자. 가벼운 흥분마저 느낀 득수는 이튿날, 일어나자마자 사무실도 나가지 않고 짐을 꾸린다. 주섬주섬 짐을 챙기다 보니 자그마치 세 뭉치로 짐이 불었다. 결코 가볍게 떠나는 나들이가 아니잖은가. 이참에 득수는 아예 두 집을 합칠 결심이었다.

일부러 득수는 짐 뭉치를 늘렸다. 그래야만 정애가 입 벌리고 물러서리라, 거역할 수 없는 득수 결심에 무릎 꿇으리라. 짐 꾸러미 속에 정애와 한 몸이 된 날밤 마신 포도주도 두어 병 챙겨 넣는 걸 득수는 잊지 않았다.

보나 마나 정애는 방송사에 나가고 집에 없을 거다. 엄마만 있는 집을 백주에 쳐들어간다? 아무리 화끈한 엄마라도 득수의 돌연한 행동을 의아해하지 않을까? 바리바리 보따리 싸 들고 들이

닥친 득수를 고운 눈으로 볼 수 있을까?

아니다. 득수는 더 이상 망설이고 싶지 않다. 태어날 우리 아이에 관한 문제다. 적어도 내 아이에게만은 뱃속에서부터 아빠 엄마의 사랑을 듬뿍 받게 해야 한다. 고아 출신 아빠의 거역할 수 없는 결심이지 않은가.

득수와 정애는 다 같이 축복받으며 고고한 첫울음을 터뜨리지 못했다. 축복은커녕 내팽개쳐진 인생이었다. 그 전철을 어떻게 아이에게까지 밟게 한단 말인가, 득수는 조급해진 마음으로 서둘러 집을 나섰다. 용달차를 불러 바리바리 싼 짐을 싣고 일산 강촌마을, 정애의 15평 아파트를 향해 힘차게 달려갔다. 득수의 각오는 그 어느 때보다 서릿발 같았다.

드디어 정애의 아파트 문 앞에 선 득수는 망설이지 않고 문을 두들긴다. 누구세요? 안에서 정애 엄마의 목소리가 들려온다. 뒤미처 문이 열리면서 엄마의 얼굴이 빠끔히 드러난다.

"아니, 웬일로 짐까지 싸 들고? 이 대낮에?"

"정애 고집을 꺾기 위해선 이 방법밖에 없습니다, 어머님!"

눈치 빠른 엄마의 얼굴이 해바라기꽃처럼 활짝 핀다.

"잘 생각했어. 그렇잖음 개 황소고집 누가 꺾어!"

엄마의 축복 속에 설핏, 득수의 눈앞에 정애의 얼굴이 다가온다. 고집스러운 정애의 그 얼굴에도 갑자기 해바라기꽃이 만발한다. 아침 햇살 잔뜩 먹음은 해바라기꽃….

사랑아 구름아

"난들, 어떡하라고. 어떡하란 말이냐고요!"

지영은 앙, 소리 높여 울음을 터뜨리며 고개를 두 무릎 사이에 깊숙이 파묻는다.

야심해 가는 밤, 요란한 울음소리는 때마침 덜컹대고 지나는 열차 소리가 꿀꺽 삼켜버린다. 하지만 나는 지영의 오열에 가슴을 쥐어뜯고 싶으리만치 흥분한 채 안절부절못하고 있다.

할 수만 있다면 그렇다, 나는 지영의 눈앞에 꺼멓게 멍든 심장을 꺼내 보이고 싶다. 그도 여의찮다면 그렇다, 할 말이라도 실컷 쏟아놓아야 한다. 할 말을 못다 하고 영영 이 길로 지영과 헤어져 버리면 나는 두고두고 후회할 것이다.

한데 어떻게 된 건지 입술은 꿰매놓은 듯 옴짝달싹하지 않는다. 이빨 닿는 소리만 달그락거릴 뿐 도무지 말을 내뱉지 못하고 있다. 지나친 긴장 탓일까. 아니다. 너무너무 화가 치밀어오르기 때문일지도 모른다.

그래, 나는 지금 화가 날 대로 나 있다. 참기 힘들일 만치. 옆에 지영이가 아닌 딴 사람, 그게 남자이건 여자이건 옆에 서 있기만 해도 들입다 주먹을 날리고픈 충동이 부글부글 일고 있다.

아니, 나는 지금 지영을 저 지경으로 만든 공군 중위의 상판을 머리에 새기고 있다. 생각할수록 밉기 짝없는, 그 뻔뻔한 상판을 짓이겨 놓을 순 없을까. 잔뜩 흥분한 주먹에 힘이 퍼져가고 하늘을 찌를 분노가 덜덜, 몸까지 떨게 하고 있다.

"지금 당장, 그 자식을 데려올 수 없어?"

끝내 나는 그 불화살을 지영에게 향하고 만다.

"어쩌려고?"

뚝. 흐느낌이 끊긴 지영이 흘깃, 얼굴을 들고 나를 살핀다. 그리고 뭘 생각했는지 목소리를 낮추고 묻는다.

"데려오면 나, 봐줄 수 있어?"

어둠 속에서도 그녀의 젖은 눈빛에서 한 가닥, 희망의 하소연이 번득임을 나는 느낀다.

"그 녀석이 그렇게 좋아?"

"하지만 사랑한 건 너뿐이었어."

"근데 그 녀석 아이는 왜?"

"사랑 때문은 아냐. 순간의 충동이….."

"그토록 뿌리치기 힘든 충동이었어?"

"…."

지영은 선뜻 대답을 못 한다. 대답을 못 한다기보다 피해 버린 게 분명하다.

"난 뱃속의 그 아이도 받아들일 수 있어!"

불쑥, 아까부터 망설이던 말을 나는 꺼낸다. 사랑이 아닌 일시적 충동이었다면, 하려던 앞말은 꿀꺽 삼켜버린 채.

"정말이야. 너의 결심이 확고하다면 나는 예정대로 너와 약속한 대로 고교를 졸업하자마자 결혼하고 새 출발 할 수 있어."

"…."

하지만 지영은 끝내 침묵을 풀지 못한다. 당장 나의 제안을 받아들이는 게 그렇듯 쉽지 않은 걸까.

그렇다. 지영의 결심은 오히려 반대쪽으로 확고히 기울고 있다. 나와의 배신을 무릎 쓰고라도 아이를 갖게 한 공군 중위에게 돌아갈 수밖에 없다는 것을, 그녀는 침묵으로 항변하고 있는 게 틀림없다.

벌떡, 나는 자리를 박차고 일어선다. 머리끝까지 오른 화를 도저히 견딜 수 없다. 지영의 변심이 그렇듯 쉽게 이뤄질 수 있을까? 그게 여자의 마음인가, 여자를 갈대라더니 참말로 그런 걸까….

나는 고아로 자랐다. 일가친척도 별로 없었다. 대여섯 날 땐가, 돌림병으로 부모를 잃었는데, 그 역시 고아로 자라 성직자가 되신 신부님의 눈에 띄어 보호받은 덕에 가까스로 고교에 진학할 수 있었다.

어렸을 때부터 건강한 나는 모든 운동에 소질을 보였다. 공부도 소홀히 한 적이 없어, 중학2 때부터 배구 선수로 발탁돼 교실보다 운동장 뙤약볕에서 지낼 때가 더 많았다. 하지만 성적이 중상에서 떨어진 적은 거의 없었다.

지영을 알게 된 건 중2 때. ㄴ읍에 중학교가 두 군데 있었다. 내가 다니는 ㄴ중학은 남학생만의 중학이었고, 지영이 다니는 ㄷ중학은 남녀공학이었다. 배구 경기(9인조)도 시즌만 되면 늘 두 중학이 우열을 겨뤘는데, 우리 중학이 남녀공학보다 이기는 승률이 다소 높은 편이랄까.

1-1 세트 스코어에서 마지막 세트. 여전히 라이벌팀답게 격전을 벌였는데, 언제나처럼 우리 팀이 다소 유리한 주도권을 잡았다. 하지만 어느 순간, 우리 팀이 흔들리기 시작했다. 그것도 다른 이유 때문이 아니라 바로 세터, 전위 센터인 나의 토스 잘못으로 팀워크가 깨져버린 거였다.

나는 후위에서 보내온 공을 공격수에게 토스하기 위해 언제나처럼 네트를 등에 업고 훌쩍 점프했다. 눈속임을 위한 페인팅 동작으로 볼을 왼쪽에 보내는 척하다가 라이트 공격수에게 높이 띄왔다.

바로 그때, 게 눈을 닮은 내 눈길이 라이트 쪽 코트 밖에서 응원하는 여학생 틈바구니에 낀 어느 단발머리 소녀의 눈과 번쩍, 맞부딪친다. 다른 여학생들은 온몸을 흔들며 소리소리 질러대는데, 유독 그 여학생만은 틈새에 얼굴만 빠꼼이 내민 채 코트 안을 응시하고 있었다. 호기 어린 눈빛, 그 영롱한 눈빛이 그 순간, 왜 그리 나의 가슴을 저미어 왔을까….

하지만 한순간 방심한 볼은 네트에서 좀 떨어진 데로 높이 올려준다는 의도와 달리 네트 가까이, 상태팀 전위가 역공하기 좋은 방향으로 날아갔고, 상대 팀의 전위가 한발 먼저 반격함으로써 우리 팀은 역전패의 달갑지 않은 쓴맛을 보았다. 더 무슨 할 말이 있을까.

그렇다. 역전패의 변명은 새삼 늘어놓을 까닭이 있을 턱 없다. 하지만 나의 실수를 유도한 그 영롱한 단발머리 소녀를 내 어찌 지나칠까 보냐. 수소문 끝에 나는 그 단발머리 소녀를 알아냈고, 어느 날, 하교 시간에 맞춰 길목을 지키고 있던 나는 드디어 가슴을 두근대게 한 눈빛 소녀를 만나고야 만다. 운명처럼.

그녀의 집은 ㄴ읍의 남쪽 교외에 있었다. 그래서 상·하교를 위해 언제나 논두렁, 밭두렁의 지름길을 지난다는 정보도 알아냈다.

이른 봄, 눈 녹은 밭에 보리 싹이 파릇파릇하다. 일찌감치 밭두렁에 나앉아 언제 나타날지 모를 단발머리를 얼마나 기다렸을까. 언뜻 눈에 시내 쪽에서 점 하나가 지름길인 밭두렁으로 들어서는 게 보인다. 순간 나는 단발 소녀라는 걸 직감하고 일단 자리에서 부스스 일어선다.

다가오는 시간이 왜 그리 더딜까. 일각이 여삼추 같기만 하다. 또 가슴은 왜 그리 쿵쾅대고.

단발머리는 밭두렁 길을 막고 서 있는 나를 보자 짐짓 멈춰 선다. 그리고 조금도 놀라는 기색 없이 내게 묻는다.

"할 얘기라도?"

의외로 그 말투, 표정이 태연자약하다.

"당연히."

"망설이지 말고 해봐. 할 말 있음."

"나, 누군지 기억나?"

"ㄴ중학 배구 선수, 전위 센터 아니던가."

"저번 우리 팀이 왜 진 것도 알고?"

"글쎄. 잘 나가다가 왜 갑자기 우리 팀이 되치기 좋게 공을 토스해준 거지?"

"바로 너 때문이었었어!"

"나 때문?"

"그래. 너 때문이야."

"따지러 온 거구나."

사랑아 구름아

"아니, 너를 사귀고 싶었어!"
"그럼 얘긴 끝났네. 그렇게 내가 예뻐 보여."
"…."

그렇다. 단발머리는 모든 게 나보다 한 수 위였다. 어수룩한 구석이라고는 손톱만치도 없는 그 대담성과 솔직성에 나도 모르게 더 끌렸다. 겉으론 의연하게, 남자답게 대하려 했지만 하나같이 내세울 게 없는 나로선 은근히 뒤가 켕기지 않을 수 없었다. 그렇다고 조금이라도 물러설 마음이 있느냐 하면 그건 전혀 또 아니었다.

한마디로 지영과 나의 만남은 운명적이다. 만남뿐인가. 고교를 졸업하자마자 '결혼한다'는 결심도 그렇다. 운명이라고 하지 않고는 둘의 결심이 그토록 한결같을 수 없었다.

우리는 살아온 처지나 입장이 거의 같았다. 단발머리는 어머니와 단둘이 살고 있지만 적어도 한국 땅에는 의지할 만한 피붙이, 친척이 하나도 없었다. 해방된 고국에 일본에서 건너온 모녀가 의지할 곳은 오직 ㄴ읍의 이웃과 마을, 그리고 나뿐이었다면 너무 지나친 오만일까.

아니었다. 모녀의 유일한 생활 수단은 남의 집 더부살이가 고작이었다. 남의 집 문간방에 살면서 집안일을 도우며 생긴 삯으로 생계를 유지할뿐더러, 딸의 학비도 보태며 살아가고 있었다.

외롭고 의탁할 데 없는 건 어떻게든 고아인 나와도 동병상련同病相憐. 그래서 우리는 쉽게, 고교를 졸업하면 '굳이 따로 살아가야 할 이유가 없다'는 이유로 결혼하기로 똥창이 맞아떨어졌고, 그녀의 어머니마저 그리 이해하는 터였다.

뭐든 하려 들면 나는 적당히 얼렁뚱땅 넘어가는 법이 없었다. 고아로 자란 탓인지 언제나 앞뒤를 재고 꼼꼼히 챙기며 일을 벌이는 스타일이었다.

학교 문제만 해도 그랬다. 학비 조달이 원활하지 못한 나는 어떻게든 특기생이 되어 학비를 면제받을 수 있는 길을 찾았다. 다행히 나는 배구 선수가 됐다. 중3이 되자 예상대로 도청 소재지의 고교 여기저기서 스카우트 손길이 뻗어왔다. 그걸 노리고 얼마나 피나는 노력을 해 왔는가.

스카우트될 고교는 두 군데로 압축하고 저울질했다. 당연히 서울대 등 입학률이 높다는 명문고가 군침을 삼키게 했지만. 나는 그쪽을 외면하고 당연한 듯 사범학교를 택했다. 사범학교는 졸업하면 바로 초등교 교사가 될 수 있기 때문이었다.

이미 나는 지영과 고교를 졸업하면 결혼하기로 철석같이 약속한 터였다. 망설일 까닭이 뭐가 있을까 싶었다. 벌써 내 눈앞에는 사범학교를 졸업하고 결혼식장에 입장하는 모습이 확 다가온다. 그만큼 초등교 교사의 꿈은 내게 있어선 사랑과 사회생활을 한꺼번에 얻는 행복의 지름길이었다.

하지만 지영은 그 행복의 지름길을 무참히 허물어버리려는 것이었다. 아니, 이미 허물어버렸다. 뿐인가. 그 허문 쪽은 팽개치고 저 갈 대로 가버리겠다는 게 아닌가. 저 혼자서 말이다.

아니다. 혼자가 아니다. 배 속 아이와 둘이서다. 거기에 왜 나라는 존재가 없다는 거지, 그게 나는 억울하고 분할 뿐이다.

"그 뱃속 아이도 난 받아들일 수 있어!"

불쑥, 나도 모르게 튀어나온 말이다.

"안 돼, 그건, 죄악이야."

기다리지 않고 지영도 맞받는다.

"죄악?"

"남의 씨를 왜 자기가 거둬?"

"사랑을 잃지 않고 빼앗기지 않으려니까."

"오기겠지."

"……."

나는 더 할 말을 잃는다. 오기라는 지영의 말이 백번 옳기 때문이다.

그렇다고 이대로 물러선다?, 그건 아니다. 어떻든 이대론 끝낼 수 없다고 생각한 나는 특단의 결심을 하게 이른다. 모든 건 시간이 해결해줄 것 같아서다.

"그래, 좋아. 놔 줄게. 하지만 아주 놔 주는 건 아냐. 문은 열어둘게. 돌아온다면 언제든 받아줄 수 있다는 조건이야. 무슨 뜻인지 알지?"

 겨우 숨통이 터진 걸 모를 지영이 아니다. 그녀는 내 말이 끝나자마자 덥석, 나의 목을 껴안고 속삭인다.

 "너의 사랑, 영원히 잊지 않을게. 참말이야. 몸은 멀리 있어도 마음만은 늘 네 곁에 있어."

 말을 마치자 지영은 종종걸음으로 어둠을 뚫고 내달았다.

 지영이 사라진 뒤에도 나는 철둑 언덕에 몸을 눕힌 채 밤하늘을 본다. 총총한 별들이 반짝인 게 눈에 오롯이 비쳐온다. 아, 영은 정녕 떠났는가….

 세월이 약이라 했던가. 초등학교 교사로 발령받고, 그 학교에 부임해서 담임을 맡고 하는 6개월은 정말 정신이 없었다. 미처 실연의 아픔도 느낄 새 없이 분주했다.

 하지만 어느 만큼 자리를 잡자 새삼 지영 생각이 간절했다. 아이는 순산했을까? 태어난 아이는 사내애일까, 계집애일까도 궁금했다. 내가 왜 그런 것까지? 황급히 고개를 저으며 지레 멋쩍은 웃음이 나왔지만, 이왕이면 지영을 빼닮은 딸애를 낳았으면 얼마나 좋을까, 자꾸만 머리는 그쪽으로 쏠리는 걸 어떡하랴.

 새 보금자리는 고향이나 다름없는 ㅈ시를 멀리 떠나온 경기도 포천지구. 휴전선이 지척으로 군부대가 많은 지역이라 훈련장에서 들려오는 총소리, 대포 소리가 수시로 들려왔다. 처음은 총소리, 대포 소리에 깜짝깜짝 놀란 때가 한두 번이 아녔다.

4학년 2반 여자반을 맡았다. 전방 근처다 보니 군부대에서 근무하는 고급장교 자녀들이 적잖았다. 내가 맡은 여자반에도 예닐곱 명 아이들의 아버지가 가까운 군부대의 장교들이었다.

왜 군이 ㅈ시를 떠나 이곳 수복지역을 택했을까. 지영과의 인생을 새롭게 출발하기 위함이었다. 무無에서 유有를 창조한다는 미국의 서부 개척정신을 닮아 지영과 더불어 전란으로 황폐해진 어린이들의 정서를 되살리는 데 힘쓰고 싶었다.

반려자는 떠났다. 하지만 내친걸음이었다. 처음은 유배를 온 듯 외롭고 허전한 마음을 달랠 길 없었지만, 아이들과 생활하다 보니 차츰 동심을 닮은 듯 어수선한 마음도 어느 정도 가라앉기 시작했다.

학교에 부임해서 첫 여름방학을 맞는다. 처음은 학교에서 한 발짝도 떼놓지 않을 생각이었다. 한데 그게 아니다. 책을 읽어도 글자가 춤을 춘다. 춤을 추던 글자는 자꾸만 지영의 환영으로 바뀌어 가지 않는가. 지영의 얄미운 얼굴이 떠올라 견디기가 쉽지 않았다.

그래, 지영의 환영을 떨쳐내기 위해서도 며칠간 여행을 다녀오자. 근데 어디를 가나? 서울역에 도착, 정작 열차표를 사려고 하니 갈만한 데가 막연하다. ㅈ시표 한 장, 결국 나도 모르는 새 연고지랄 사범학교가 있는 데의 차표를 산다. 동기동창도 몇 명 만날 수 있다는 기대도 작용한다. 그때만 해도 지영의 집을 기웃거릴 생각은 추호도 없었다.

하지만 ㅈ시에 도착하니 내 생각은 180도로 바뀐다. 지영의 소식이 왜 그리 궁금해지는 걸까. 택시를 불러 탄 나는 지영의 어머니가 세 들고 있을 동네 이름을 서슴없이 대고 만다.

동네는 별로 변한 게 없다. 일 년도 채 지나기 전이니 달라진 게 있을 턱이 없다.

아니다. 달라진 게 있다. 지금은 지영이 살고 있지 않다는 사실이다. 애 아빠인 공군 중위인가를 따라가고 없을 테니까. 적어도 내게는 큰 변화가 아니고 뭐냐.

대문 앞에서 망설이고 있는데 누군가 애를 업은 여자가 대문을 밀치고 나온다. 대번에 나는 그녀가 지영의 엄마라는 걸 안다.

"안녕하세요?"

"아니, 이게 누구예요!"

"지영은 애 아빠를 따라가 잘 지내고 있는 거지요?"

"등짝에 있는 애, 안 보여요?"

"그 애가?"

"지영이 애지 누구겠어."

"그럼, 지영이가 지금 여기 있는 겁니까?"

"…"

사랑아 구름아 79

지영 엄마는 대답 대신 푸푸, 한숨만을 내 쉴 뿐이다.

직감적으로 나는 불길한 예감을 느낀다. 무슨 사달인 걸까?

"글쎄, 그 공군 중위인가 뭔가가 감감무소식이지 뭐야. 수소문 끝에 비행대가 있는 곳을 알아냈고, 데리고 간 딸애를 보여주며, 혼례는 나중에 치르더래도 동거라도 해야 하는 거 아니냐니까, 아, 글쎄 고 녀석이 뭐라고 한 줄 알아요? 쟤가 누구 앤지 어떻게 아냐고 했다지 뭐야. 애 어미 자존심이 어디 예사로워? 뒤도 안 돌아보고 와버렸다지 뭐야, 쯧쯧."

지영 엄마는 분을 삭이지 못한 듯 새삼 시뻘겋게 얼굴을 붉힌다.

"그럼 지영은요?"

"손 놓고 지낼 순 없었지. 애 우윳값이라도 벌어야 하니."

"직장에 다니나요?"

"아냐. 멀리 떠났어. 돈 벌겠다고."

"가 있는 데가 어디죠?"

"알려고 말라며 떠났어. 매달 우윳값, 생활비만 보내오고 있지."

순간, 이상한 예감을 느낀 나는 지영을 찾아야 한다는 강박감에 휩싸인다. 그렇다. 어떤 방법을 동원해서라도 지영을 찾아 나서야 한다.

안 보아도 지영의 자존심을 옆에서 본 듯하다. 그 서릿발 같은 오기가 어려웠을까. '내 아이인지 어떻게 아냐?'는 의심을 두고 보나 마나 지영은 치를 떨었을 것이다. 얼마나 부아가 치밀었으면 뒤도 안 돌아보고 튀어나왔을까. 그리고 아무 일 없다는 듯 덥석 생활전선에 뛰어들었을까.

나는 지영 엄마에게서 지영의 행방을 어렴풋하게나마 알아낸다. 돈을 우편환으로 부친 데가 대구의 안지랑우체국. 일단 그 지역을 가서 호구 조사하듯 더듬으면 개미 새끼인들 빠져갈 구멍이 있을까 싶었다.

댓바람에 나는 서울역으로 달려간다. 그리고 다급한 마음으로 KTX의 동대구역 표를 산다. 동대구역에 내리면 안지랑우체국을 찾는 건 그리 어려울 듯싶지 않다. 아무리 방학 기간이지만 까닭 없이 학교를 비울 수만 없어, 일단은 분위기만 살피고 올라올 생각이었다.

KTX가 빠르긴 빠르다. 서울역을 출발 두 시간 정도 달리니까 동대구역이다. 마음은 바쁘다. 택시를 타기 무섭게 나는 안지랑우체국으로 갑시다, 외친다. 택시 기사가 되묻지 않은 걸 보니 안지랑우체국이 있긴 있는 모양이다.

택시 속에서 무슨 예감이 들어 나는 택시 기사에게 묻는다.

"그 근처 소문난 먹자골목이 있을까요?"

"대한민국에서도 유명한 곱창 골목이 바로 거기 있잖능겨!"

"안지랑먹자골목?"

"그렇지요, 안지랑먹자골목….”

먹자골목은 쉽게 찾는다. 근처가 가까워질수록 사람의 발걸음이 많아졌고, 골목 입구에 다다르니 끝 간데없이 고만고만한 집들이 쭉 뻗어있는 게 진짜 장관이다.

오후 세 시가 좀 지났을까. 하릴없는 점심 손님이 아직 남아있을 뿐 골목 안은 그런대로 조용하다. 조용하지만 저녁 장사를 위해 준비 중인 음식점을 지나 나는 한없이 뻗은 먹자골목을 천천히 걷는다.

어쩐지 예감이 그렇다. 지영은 성격상 왁자지껄한 곳보다 좀은 덜 번화한 데를 선호하는 성미다. 따라서 이곳에서 일했다면 십중팔구 지영은 중심 쪽보다 조금은 한산한 끄트머리 쪽에서 일터를 잡았을 법하다.

얼마를 걸었더니 다리가 좀 뻑적지근하다. 뱃속도 좀 출출하고. 생각해보니 아직 점심 전이다.

발 닿는 대로 음식점 하나를 골라 쑥 들어간다. 파리채를 들고 있던 여자가 소스라치며 벌떡 자리에서 일어난다. 미처 어서 오세요, 말 못하고 입 쪽에 손이 가 있는 걸 보면 하품을 감추고 있는 게 틀림없다.

"뭐, 간단히 먹을 거 있을까요?"

"국밥 하나 말아 드릴까여?"

"국밥이라면?"

"곱창을 곤 국물로 만 국밥 아닌겨…."

"그럼, 그거 하나 말아 줘요. 아직 점심을 안 먹었더니 속이 출출하네요."

"지금이 몇 신데요?"

"사람 찾을 욕심이 앞서는 바람에."

아무 대꾸 없는 주인아주머니는 부엌으로 사라진 듯싶더니 금세 국밥 한 그릇 말아 대령이다.

"속전속결이네요."

"그깟 국밥 한 그릇쯤이야…."

"종업원도 없이?"

"어디 가요. 얼마 전까지도 괜찮은 여종업원이 있었는디, 죽자 살자 하는 놈팽이 땜에 줄행랑을 쳐번졌지 뭡니꺼."

"그런 러브스토리가…."

"얘기하자면 긴 사연이…."

"어디, 밥 먹는 동안 그 사연 한 번 들어봅시다요."

주인아주머니는 기다렸다는 듯 서슴없이 얘기 보따리를 풀어 제낀다. 그렇지 않아도 심심하던 판에 잘 됐다는 듯.

"…그날도 시간이 이맘때쯤 됐을까. 홀에서 쉬고 있는데 웬 여자가 들이닥치더란 말이지. 때도 겨웠고 귀찮기도 해서 엉덩이를 붙인 채 점심때가 겨웠는데 웬 손님이냐고 여자를 빤히 쳐다봤더니, 아 글씨, 이 여자, 다짜고짜 사람 안 쓸래요? 물어오는 거지 뭐요. 사람을 써? 예~, 종업원이요, 무슨 일이든 시키면 다 할 수 있다고요. 세상에 이런 당돌한 여자가 있나 싶어 대꾸 대신 나는 몸을 세우고 우선 여자의 위아래부터 찬찬히 훑어볼 수밖에.

아무리 뜯어보아도 이런 데서 허드렛일이나 할 여자 같지 않더라고. 그래서 나는 대뜸 나이부터 물었지. 몇 살이냐? 나이는 왜요? 어린애가 아니라고요. 이래 봬도 애 엄마라니까요, 하잖겠어.

내가 망설인 건 앳되게 뵈거나 애 엄마라서는 아녀요. 너무 이쁜 게 탈이다 싶었지. 나이도 얼마 안 된 데다, 원 저렇듯 이쁜 여자가 어떻게 허드렛일이나 하나 싶어 말을 흐리고 있었지. 헌디, 아 글씨 이 여자, 껌딱지처럼 찰싹 엉겨 붙다 싶더니만 막무가내기로 앞치마도 손수 찾아 두르고, 미처 치우지 못한 홀 안을 말끔히 정리 정돈해 놓지 뭐겠어요. 마침 홀 일을 보던 아르바이트도 며칠 뒤면 그만둔다고 해서 못 이긴 척 홀 일을 보게 하고 말았는데….

일만 잘하는 게 아니었어요. 싹싹하고 얼굴도 반반해서인지 밥 손님만 많은 게 아니었다오. 저녁 술손님도 부쩍 늘었지. 어쩌다 술손님이 손목을 잡거나 술 한 잔 따라 달라고 붙들어도 새침하게 화내고 거절하는 법 없이 선뜻 술도 따라주고 상냥하게 대해주니, 그야말로 이 여자의 소문은 금세 달구벌에 쫙 퍼지고 말

앉지. 밤손님은 초저녁부터 미어터지는 바람에 장사는 재미를 톡톡히 봤지만, 은근히 불안한 마음도 없지 않더니만….

드디어 일이 터지고 말았어요. 어느 넋 빠진 청년이 이 여자의 예쁘고 상냥함에 그만 폭삭 빠졌지 뭐겠어요. 낮 밤을 가리지 않고 홀 안에 죽치고 앉아서 갖은 구애의 몸짓을 다 하는 얼빠진 청년을 처음은 이 여자, 달래는 듯 잘 대해주는 듯싶더니만, 도가 지나치나 싶으니까 그렇게 또 냉랭하게 대할 수 없더라고요.

어느 날 청년은 초저녁부터 독한 소주를 병나발 불더니, 말대꾸는커녕 아는 체도 하지 않은 냉랭한 여자에게 어디서 가져온 건지 부엌칼을 들고, 지 마음을 안 받아주면 아플 사, 너 죽고 나 죽는다, 덤벼드는 게 아니어요?

깜작 놀라운 다른 손님들이나 나는 어떻게 할 줄 몰라 손에 땀을 쥐고 있는데 하, 이 여자, 눈 하나 깜박거리지 않고, 마치 청년의 요구를 받아들이는 듯 순해진 모습으로 청년에게 다가가 손목을 붙들고, 우리 나가서 얘기합시다, 밖으로 끌고 가지 뭐야.

그리고 한 시간가량을 있다가 들어온 이 여자, 아무런 일도 없다는 듯하던 일을 계속할 뿐 별 얘기가 없더라고요. 그래서 일이 잘 풀렸나 싶어 더 묻지 않고 지나치고 말았지요.

그런데 이튿날 새벽 일찍 가게에 와 보니 이 여자는 감쪽같이 사라져 버렸더라고요. 잠잠해지면 다시 오겠다는 짤막한 쪽지만 남기고. 품삯도 계산하지 않고 옷 보따리도 그대로 놔두고 간 걸 보면 다시 올 듯싶기도 하지만….

"그 청년은 그 뒤에?"
"처음은 물론 난리굿을 피웠지. 하지만 어쩌겠어요. 뺑소니친 마당에."
"그 여잔 그 뒤 아무 연락이 없고요?"
"아직까지는. 무슨 연락이 있을 법도 한데…."
순간, 내 머리에 '그 여자가 혹시 지영이 아닐까?' 하는 시그널이 급 타전이다. 나는 다급히 묻는다.
"혹 그 여자, 어디로 갔을지는 짐작 안 가요?"
"멀리는 못 갔을 것 같아요. 잠시 이 달구벌 밖으로 튀었을 뿐."
"그 여자, 이다음 소식 오면 꼭 행방 좀 알아두세요. 저도 알만한 여자 같아서요. 시간이 없어 오늘은 올라가지만, 다음 겨울방학 때쯤 다시 내려올 겁니다. 반드시. 그 여자, 내가 찾는 여자라면 그래요, 이런 데서 일할 사람은 아닌 건 맞아요."
가슴을 두근대는 나는 흥분을 감추지 못한다. 왜 진작 그 여자가 지영인지를 몰랐을까, 후회하면서 품삯이 계산 안 된 점, 그리고 옷 보따리도 두고 간 점을 생각한다면 지영이 아주 먼 데로 튄 것 같지 않을 거란 주인아주머니의 예감을 나도 100프로 믿고 싶다.
그래, 이번에는 그냥 올라가자. 방학이어서 잠깐 빠져나온 하교를 마냥 비워둘 수는 없다고 생각한 나는 지영의 행방을 어느 만큼 알았으니, 느긋한 시간을 내서 다시 내려오기로 마음을 굳히고 자리에서 일어선다. 그리고 다시 한번 아주머니에게 지영의 행방을 부탁하고 음식점을 나온다.

내려올 때와 달리 마음은 착 가라앉았다. 택시를 타고 동대구로 향하면서 나는 굳게 다짐한다. 두 번 다시 지영을 놓치지 않겠다고. 무슨 일이 있어도 지영을 찾아서 버림 받은 상처로 막가려는 삶을 정상적으로 되돌려 놓을 거라고 결심, 또 결심한다.

보나 마나 지영은 내 충정을 쉽게 받아들이지 않을 것이다. 내가 찾고 있다는 걸 안다면 그녀는 분명 더 먼 데로 도망갈 게 뻔하다. 그러고도 남을 성정이지 않은가.

나도 마찬가지다. 찾는데 십 년, 이십 년이 걸린들 무슨 상관이랴. 지영을 얻기 위해서라면, 사랑을 되찾기 위해서라면 지구 끝까지라도 좇아갈 터. 끝 간 데가 어디인들 못 갈 데가 어디 메더냐. 아, 사랑아 구름아.

사랑의 안단테

큐피드

초등학교 4학년 때였다. 그날도 나는 방과 후, 급우들과 함께 우르르 6반 교실로 몰려갔다.

내가 반장으로 있는 7반은 2층 동쪽 맨 끝에 있었다. 바로 옆 교실이어야 할 6반이 반대쪽 1층 맨 끄트머리에 있다는 게 어린 우리에게는 적잖은 호기심으로 받아들여졌다.

들입다 복도를 달려가 우당탕 층계를 내려가는 재미라니, 그게 왜 그리 신바람을 불러일으켰는지 몰랐다.

아니었다. 나의 신바람은 전혀 딴 데 있었다. 급우들을 몰고 복도를 달리고, 우당탕 층계를 뛰어 내려가는 재미에는 또래들과 다른 관심사 하나가 마음 한구석에 도사리고 있었다.

그랬다. 6반의 예쁘장한 그 여자애는 생각만 해도 가슴이 뛰었다. 이상한 소리를 내며 가슴이 마구 쿵쾅거렸고, 괜히 얼굴이 화끈거리면서 여자애가 그토록 보고 싶을 수 없었다. 그리하여 하루의 마지막 교시 종이 울리기 무섭게 나는 냅다 뛰었다. 그 여자애가 있는 6반 교실로. 아무 까닭도 모른 반 애들도 우르르, 덩달아 내 뒤를 따라나섰다.

우르르 몰려간 6반 교실은 어수선했다. 그럴 수밖에 없었다. 마지막 교시에 시험을 치른 것 같았다. 때마침 6반 반장이 교탁 위에 흩어진 시험지를 정리하고 있었다. 6반 반장도 나처럼 훤칠한 편이었다. 교탁에 널브러진 시험지를 챙기던 반장은 나를 보자 반색했다. 그만큼 6반 반장과 나는 엇비슷한 완력 때문인지 사이좋게 지냈다.

"오늘, 시험 봤냐?"

"응, 예고 없이 갑자기 국어시험을 치렀어."

"시험 잘 봤냐, 넌?"

"그 정도야 식은 죽 먹기지."

"다른 애들도?"

"다른 애들도 잘 봤을걸. 시험이 워낙 쉬웠거든."

"그래, 어디 답안지 한번 훑어봐도 되냐?"

갑자기 나는 다들 시험을 잘 봤을 거라는 6반 반장의 말을 확인하고픈 충동이 일었다. 뭐랄까, 일종의 경쟁심리 같은 건지 몰랐다.

반장의 말마따나 모두 시험을 잘들 치른 듯싶었다. 답안지를 넘기던 내 손이 더욱 빨리 움직였다.

어느 순간, 답안지 하나가 내 손놀림을 멈추게 했다. 답을 쓰지 않은 빈칸이 많을 뿐더러 쓴 답안도 전혀 엉터리라는 게 한눈에 들어왔다. 얼핏 보아도 빵점인 게 분명했다.

나는 얼른 성명란을 보았다. 어떻게 된 걸까. 바로 내 가슴을 뛰게 한, 그 예쁜 여자애 이름이 거기 버젓이 적혀있지 않은가. 서정옥이란 이름이.

나는 앞뒤 생각할 겨를이 없었다. 6반 반장에게 염치불문하고 시험지 하나를 얻었다. 그리고 답을 적어나갔다. 6반 반장의 말마따나 문제는 그리 어렵지 않았다. 금세 답안지를 작성한 나는 내 행동을 처음부터 지켜보고 있던 6반 반장을 넌지시 쳐다봤다. 6반 반장은 아무 말 없이 고개를 끄덕였다. 나는 서슴없이 시험지를 바꿔치고, 다시 6반 반장을 향에 야릇한 웃음을 날렸다. 그것으로 모든 건 감쪽같이 끝났다.

"생전 잊을 수 없을 거야."
"뭐, 그까짓 걸 갖고."
"100점이라니 말이나 돼!"
"왜, 너라고 100점 맞지 말란 법 있어."
"그래도, 꿈만 같아."

"조금만 노력하면 까짓 꿈, 아무것도 아냐."

"두 번 다시 100점, 어림없겠지?"

"아니라니까!"

나도 모르게 꽥 소리를 질렀다.

초록빛 줄기가 어느새 무릎까지 자란 보리밭 두렁에서 어느 날 해거름, 서정옥과 나는 나란히 붉디붉은 서녘 노을을 바라보고 있었다. 보리밭을 지나면 거기, 바로 서정옥의 대궐 같은 기와집이 건너다 보였다.

서정옥은 부유한 집의 무남독녀 외동딸이었다. 하나밖에 없는 딸인지라 애지중지 자란 탓인지 공부하고는 담을 쌓았다.

모자람 없이 자란 서정옥은 공부 못한다 해서 어깨를 늘어뜨리고 다니지 않았다. 거침없이 애들을 몰고 다닐 만큼 배짱도 두둑했다. 그 바람에 서정옥의 주변은 늘 시끌벅적했다.

또래와 달리 성숙한 탓일까. 나는 이성에 대한 눈도 빨리 떴다. 게다가 누나, 형은 있지만 동생이 없는 막내둥이였다. 남동생은 몰라도 여동생 하나 있으면 얼마나 좋을까, 간절한 마음속에 서정옥이란 여자애가 번쩍 눈에 들어왔다. 그게 그처럼 가슴을 뛰게 할 줄이야….

그다음 해 6·25전쟁이 터졌다. 그전까지 우리는 즐거운 하루하루를 잘 보냈다. 방과 후에는 어디서든 만나지 않고는 못 견딜 만큼.

6·25전쟁이 우리의 사이를 여지없이 갈라놓고 말았다. 남달리 잘 살던 서정옥 아버지가 인민군의 표적이 돼버린 것. 나중 느낀 일이지만 북쪽에서 내려온 사람들은 왜 그처럼 잘 사는 부자라면 기를 쓰고 미워하고 죽이러 들었는지 몰랐다.

북쪽 사람들은 쫓겨 가면서 많은 사람을 죽였다. 특히 서정옥의 아버지 같은 부자들의 희생이 컸다. 서정옥의 아버지도 예외가 아니었다.

아버지를 잃은 서정옥의 집안은 하루아침에 쑥대밭이 됐다. 망망대해에서 선장을 잃은 배였다. 생계를 꾸려가기가 그만큼 어려웠을 게 불을 보듯 뻔했다.

어느 날부터인지 학교에서 서정옥의 얼굴을 볼 수 없었다. 초조한 나머지 나는 6반 반장에게 물었다.

"서정옥이 왜 통 안 보이냐?"

"모르고 있었냐. 떠났어, 친척이 사는 타지로."

"왜?"

"뻔하지 뭐. 집안 기둥을 잃었으니 목구멍에 풀칠하기도 어려웠을걸. 여태 그것도 모르고 있었냐, 넌?"

나무라는 듯한 반장의 말에 얼굴이 화끈거렸다. 하늘이 무너진 듯 눈앞이 컴컴해 오고 몸이 휘청댔다.

못된 계집애, 귀띔이라도 해주고 가지, 기별이라도 하고 떠나면 어디가 덧나냐. 섭섭하고 원망하는 마음이 오랜 시간 나를 우울하게 만들었다.

그 뒤로 서정옥을 두 번 다시 만나지 못했다. 뿐인가. 일자 소식도 듣지 못한 채 시간은 거침없이 지나가 버렸다.

실연

어느 날, 어느 여고생이 나를 찾아왔다. 그 여고생은 숙이의 친구라고 했다. 숙이의 친구는 숨 가쁘게 말했다.

"숙이가 가출했어요."

"가출? 왜?"

"엄마와 대판 싸웠나 봐요."

"그렇다고 집을 나가?"

"때마침 읍에 온 악극단을 따라갔어요."

"악극단을?"

"걔가 따라간 악극단, 지금쯤 J시에서 공연 중일 거예요."

뜻하지 않은 전갈을 받고도 나는 그렇게 놀라지 않았다. 자기 엄마와의 갈등이 예사롭지 않다는 것을 숙이를 통해 귀가 따갑도록 들어왔기 때문이었다.

숙이는 엄마와 단둘이 살았다. 원래 이 고장 토박이는 아니었다. 숙이가 초등학교에 입학할 무렵, 이곳 N읍으로 이사 왔다. 본인은 더 자세한 것을 들려주지 않았지만, 주위 사람들의 말로는 해방을 맞자 일본에서 넘어온 것 같았다.

숙이는 만날 때마다 입버릇처럼 엄마에 대한 불만을 쏟아냈다. 좋은 후처後妻 자리가 있는데도 불구하고 엄마는 널 두고 나 혼자 어떻게 재가해, 극구 재혼을 외면해왔단다.

"훌륭한 엄마네, 뭐."

"바보야. 이제 겨우 마흔을 넘겼는데 딸 땜에 인생을 망쳐?"

"오직 딸 하나를 위해 사는 엄마로선 그럴 수 있지 않을까."

"그게 싫다는 거야, 난. 얼마나 부담된 줄 알아, 딸 입장에선."

"딸을 위하는 엄마 입장에서 이해하면 안 될까."

"아니. 나는 엄마에게 구속되는 게 죽기보다 더 싫어."

숙이와 엄마의 사이가 그처럼 아슬아슬하다 싶더니, 드디어 일이 터지고 만 것 같았다.

나는 불구경만 하고 있을 수 없었다. 남의 불행을 불구경하듯 지나치지 못했다. 스스로 휴머니스트임을 자처해오지 않았던가.

내가 숙이에게 가까이 다가선 것도 처음부터 연모의 정에서는 아니었다. 친구의 연애편지를 대필해 주다 나도 모른 새 숙이의 그 외로운 삶을 그냥 지나칠 수 없다는 사명감 같은 것에 빠져들었다.

숙이의 그 화려한 용모는 누구에게나 호감을 살만했다. 더구나 친구의 연정을 전달하는 과정에서 숨어있던 연연戀戀함도 때

늦게 모락모락 피어올랐을지 몰랐다.

뿐만인가. 당시 센티한 나는 알렉상드르 뒤마의 소설 『춘희椿姬』의 감동에 푹 빠져있었다. 창녀 춘희마르그리트 고티에를 열렬히 사랑한 아르망이 되고 싶었다.

창녀이지만 사랑할 수밖에 없는 청년을 빼닮고 싶었던 나였다. 악극단을 따라나선 숙이의 가출을 그대로 보고만 있을 리 없었다. 댓바람에 악극단이 공연 중인 J시로 내달았다. 그리고 저녁, '미성년자 출입 금지' 딱지가 나붙은 극장을 변장하고 입장했다.

공연에는 관심이 없었다. 나는 무대 쪽으로 통하는 통로를 서성댔다. 어떻게든 무대로 들어가 숙이를 만나야 한다는 일념으로 가슴을 태웠다.

그때였다. 아기를 업은 단발 소녀가 무대에서 나왔다. 대번에 그 소녀가 숙이라는 것을 알았다. 나는 서슴없이 그녀의 앞으로 다가갔다. 그리고 소리쳤다.

"숙이, 안 돼! 가자, 집으로!"

"안 가, 집에는!"

"그럼, 우리 집에서 같이 살자."

"미쳤어. 우리가 몇 살인데?"

"못 살 것 없지. 우리 사랑이 보통 사랑이야!"

"안 돼! 그럴 순 없어!"

"어쨌든 난 절대로 숙이를 악극단에 딸려 보낼 순 없어!"

"…."

단호한 나의 결심에 숙이도 더 이상 고집을 부리지 못했다. 그만큼 그때 숙이는 내 진심, 열정을 믿어주고 있었다.

숙이는 다시 집으로 돌아왔다. 그리고 엄마와의 갈등도 해소된 듯 다니던 여고도 계속 잘 다녔다.

갑자기 숙이네가 J리로 이사 갔다. 숙이가 가출에서 돌아오고 얼마 되지 않은 뒤여서 나는 적이 놀랐다. 숙이를 만났다.

"도망가는 거야?"

"아냐. 딸과의 갈등이 해소됐으니, 기꺼이 따라나선 것뿐."

"누굴 따라나선다고?"

"재혼하는 엄마를."

"어떻게, 그리 급히?"

"엄마가 결심했나 봐. 딸의 가출을 막으려면 그 길밖에 없다고."

"그렇게 금방 재혼 자리가?"

"아니지. J시의 재혼 자리를 거들떠보지 않아 내가 가출했던 거 아냐."

"엄마가 마음을 바꿨다는 거네."

"그랬지. 딸을 지키겠다는 눈물겨운 모정이랄까."

"잘 됐다. 한데…."

나는 꿀꺽 뒷말을 삼켰다. 난 어떻게 하라고? 그리 떼쓰고 싶은 마음이 굴뚝 같았다. 겨우 가까운 도시로 이사 간 것뿐인데,

곧 나는 마음을 고쳐먹었다. 하지만 홀로 남겨진다는 생각, 멀리 떨어져 지내게 될 불안 탓인지 왜 그리 슬픈지 몰랐다. 엉엉 소리 내고 울고 싶을 만큼.

홀로 남은 외로움을 견디기는 무척 힘들었다. 숙이가 이사 간 지 몇 개월 뒤였을까. 때마침 배구선수인 나에게 J시 소재의 사범학교에서 스카우트 손길이 뻗쳐왔다. 망설이지 않았다. 내심 명문 J고교의 스카우트를 기대하고 있었다. 하지만 마음을 바꿨다.

사범학교는 나오자 곧바로 초등학교 교사로 발령받았다. 하루빨리 숙이와 결혼을 할 수 있는 길은 그게 최선이라 싶었다.

숙이와는 전혀 상의하지 않았다. 숙이에게 속내를 보이기 싫었다. 하루빨리 결혼하고 싶다는 말을 들었을 때 숙이의 반응이 어땠을까? 보나 마나 속물근성이라 비아냥댈 게 뻔했다. 그만큼 나는 숙이의 그 화려한 용모가 늘 불안했었다.

숙이는 J시로 전학한 뒤 확 변했다. 그만큼 시야가 넓어진 탓인지 몰랐다. 나를 대하는 그 눈빛마저 전 같지 않았다. 다른 남학생과의 교류도 거침새가 없었다. 로맨틱하고 육감적인 숙이의 모습을 가만 놔둘 머슴애가 있을까 싶었다. 조마조마한 가슴은 날이 갈수록 시커멓게 타들어 가고 있었다.

나는 장래가 촉망되는 배구선수였다. J시 뿐만인가. 배구로 명망 높은 서울 소재의 대학에서 고교졸업 후의 스카우트 손짓을 부단히 해오고 있었다. 숙이를 알기 전만 해도 나는 배구선수로 대성할 꿈이 자못 컸었다.

하지만 숙이는 내 진로를 여지없이 바꿔놓았다. 숙이가 그렇듯 빼어난 미모가 아니면 어땠을까. 게다가 J시 여고로 옮겨온 숙이는 날로 대담해지고 있었다. 어쩔 수 없이 사범학교로 전학한 내 결단은 장래를 포기하고 얻은 것이었다. 어엿한 직장을 가지면 숙이와의 결혼도 큰 어려움 없이 진행되리라 믿었다.

나의 예상은 크게 어긋났다. 살얼음을 밟는 듯 불안한 일이 끝내 현실로 돌아오고 말았다.

졸업을 앞두고 거의 연락이 없던 숙이에게서 엽서 하나가 날아들었다. 오는 토요일, 가끔 들렀던 그 빵집으로 나오라는 전갈이었다.

"졸업식이 언제지?"

"졸업식 같은 거, 필요 없게 됐어."

"무슨 뜻이지? 왜 그러는 건데?"

"그따위 졸업식, 이제 필요 없게 됐단 말이야!"

"왜 그리 신경이 곤두선 거지?"

"나, 결혼한단 말이야."

"결혼? 누구와? 설마 나는 아닐 테고….."

"왜, 너야?"

"내가 왜 사범학교로 전학 온 거 몰라? 졸업하면 곧바로 숙이와 결혼하기 위한 거였다고."

"진작 왜 그 얘기 안 해 줬지?"

"깜짝, 놀래주려고."

"되레 네가 놀라게 됐잖아."

"내가 놀라게 됐다고?"

"그래, 이 멍청이야. 나, 네가 아닌 다른 사내 애 가졌다고."

"다른 사내 애를?"

나는 쉬쉬, 풍선 바람 빠지는 소리를 들었다. 단 한 번도 나는 숙이의 피지컬을 원하거나 탐한 적이 없었다. 근데 지금, 숙이는 다른 사내의 아이를 가졌다지 뭐냐?

순간 나는 숙이가 내뱉은 '이 멍청이야'의 의미를 비로소 깨달았다.

그랬다. 어느 날, 하숙집을 찾아온 숙이를 와락 껴안고 싶은 충동을 받았다. 교복 스커트 아래로 팽팽하게 뻗은 허벅지가 눈을 부시게 했다. 하지만 이를 악물고 유혹을 물리쳤디. 숙이가 돌아간 뒤 나는 얼마나 잘한 일이라고 내 인내를 치켜세웠는가.

버스는 이미 지난 뒤였다. 그랬다. 그때 분명 아랫도리가 충동질하는 대로 숙이를 안고 뒹굴었다면 어찌 됐을까? 과연 숙이가 다른 사내 애를 밸 수 있었을까. '이 멍청이야' 내뱉은 숙이의 말대로 나는 진짜 바보 멍청이지 싶었다. 닭 쫓던 개 지붕 쳐다보기와 뭐가 다르냐 싶었다.

숙죄

한여름, 방학을 맞은 학교는 고즈넉했다.

내가 이곳 초등학교로 부임한 지도 그럭저럭 3개월째. 고작 6학급으로 한 학급 학생 수도 불과 30명 안팎의 벽촌 초등학교였다. 불량교사라는 딱지가 붙은 채 좌천돼온 나는 하루하루가 실로 지옥 같았다.

오후 3시쯤 됐을까. 점심을 먹고 교정 한쪽, 느티나무 그늘에서 책을 보다 잠시 졸고 있을 때, 웬 여인의 방문을 받았다. 뜻밖에도 그 여인은 미스 전이었다.

"여기까지 웬일로?"

"상의드릴 일이 생겨서요."

"내게?"

"부담 주고 싶지 않았지만, 어쩔 수 없게 됐네요."

"무슨 일인데?"

"…."

"뜸 들이지 말고 말해 봐요. 여기, 우리 단 둘뿐이잖아요."

"저, 아이 가졌어요."

"아이라고?"

"그쪽 아이예요."

"내 아이?"

"저도 바라지 않았던 일이지만."

"…."

나는 할 말을 잃었다.

순간, 나는 미스 전과 있었던 그날의 일을 떠올렸다.

미스 전은 내기 좌천돼오기 전 근무지의 하숙집 옆에서 미용원을 하고 있었다. 오지랖이 유난히 넓은 미스 전은 하숙집 여주인과도 각별했다. 주인아주머니가 외출할 때면 나의 밥상까지도 챙겨주도록 부탁할 만큼 허물이 없었다.

그날은 일요일이었다. 정오쯤 됐을까. 노크 소리가 났다. 그때까지도 잠자리에서 노닥거리며 게으름을 피우던 나는 누구요? 퉁명스럽게 소리쳤다.

방문이 열리며 얼굴 하나가 쑥 들어왔다. 미스 전이었다. 하숙집 여주인이 외출하면서 내 점심상을 부탁했다는 것이었다.

잠자리에서 그대로 노닥거린 탓인지 입이 까칠했다. 점심은 건너뛸 참이니 따끈한 커피나 한잔 마실 수 있게 해줘요, 좀 퉁명스럽다 싶게 부탁했다.

한참 만에 다시 방문이 열렸다. 따끈한 커피를 받침대에 든 미스 전이 서슴없이 방으로 들어왔다.

나는 적잖이 놀랐다. 커피를 디밀어주면 될 일을 그렇게 방 안으로 들어올 줄을 몰랐다. 당황한 나는 어지러운 이부자리를 급히 한쪽으로 밀어붙였다.

대낮에 사달이 벌어지고 말았다. 스커트 사이에 드러난 미스 전의 허벅지가 왜 그리 육감적인지 몰랐다. 그때, 숙이의 허벅지를 보고 혼자 씩씩대다 그냥 돌려보낸 것을 두고두고 후회했던 일이 획 머리를 스쳤다.

그 뒤의 일은 더 이상 입에 올리고 싶지 않았다.

그런 일이 있고 나서도 미스 전은 태연했다. 별다른 낌새나 부담을 주려 들지 않았다. 남녀가 오다가다 본능이 시킨 대로 몸을 섞었기로서니, 그게 뭐 그리 대수냐는 듯 가볍게 치부하고 넘어가려는 눈치였다.

게다가 그때 나는 지독한 갈등과 고통을 겪고 있었다. 교장과 뜻하지 않은 불화로 교무회의 때 교장을 향해 담뱃재떨이를 던지는 불상사를 저질렀다. 군 교육 당국으로부터 불량교사로 낙인찍힌 나는 언제 어디로 좌천될지 모르는 불안한 나날을 보내고 있었다. 솔직히 미스 전과의 통정에 연연할 정신적 여유도 없었다.

"아이는, 낳을 생각인가요?"

"아뇨. 낳지 않을 거예요."

"그럼?"

"수술해야죠."

"낙태 수술?"

"애 아빠가 동의해야 수술해준대요, 병원에선."

"내가 동의를?"

"언제 시간 낼 수 있죠?"

"언제라도. 날짜 잡히면 소식 줘요."

할 말을 마치자 미스 전은 벌떡 자리에서 일어섰다.

"왜, 점심이나 먹고 가지 않고."

"여기, 점심이나 먹을 음식점도 없던데요…."

"신작로에서 버스를 타고 좀 나가야 해요."

"번거롭게 그럴 것까진."

"아냐. 걷고 바람도 쐬고 싶어요."

"그럼, 옷 갈아입고 오세요."

신작로까지 좋이 오 리쯤 됐다. 시골길을 미스 전과 어깨를 나란히 하고 걷는 기분은 남달랐다. 엉겁결에 몸을 섞었을 뿐 바깥에서 이렇게 그녀와 단둘이 길을 걷는 게 이상하게 마음을 들뜨게 했다. 이곳 산골로 좌천돼온 뒤의 지독한 무료와 무기력에서 오는 외로움 탓인지도 몰랐다. 누구와 같이 걷는다는 거, 그렇듯 신선할 수 없었.

"이 산골 마을은 삼다三多로 좀 유난해요."

"세 가지가 많다고요?"

"말 많고, 돌 많고, 바람이 많다는 거지."

"유난히 울퉁불퉁한 길에 돌이 많다 싶었죠."

"바람도 센 편이지. 남녀의 그 바람."
"말이 많은 이유도 남녀 바람기 때문인가 보죠?"
"눈치 빠르네. 미스 전은."
"그래서 쉽게 끌리고 쉽게 단념해버리죠."
"…."

나는 미스 전의 그 말에 더 토를 달지 못했다. 마치 우리 둘 사이를 두고 한 말 같았기 때문이었다.

때마침 신작로가 지척에 드러났다. 개울만 건너면 바로 버스를 탈 수 있는 신작로. 개울을 건너던 나는 걸음을 멈춘 채 무거운 입을 뗐다.

"도저히 난 이 개울을 건널 수 없을 것 같아요."
"왜, 어디 아파요?"
"갑자기 다리에 힘이 빠지고 현기증이…."
"알았어요. 점심은 마음으로만 먹을게요."

미스 전은 망설임이 없었다. 뒤도 안 돌아보고 성큼성큼 개울을 건너갔다.

나의 고민은 다시 시작됐다. 양심의 부르짖음이 가슴에서 마구 방망이질이었다. 인간의 탈을 쓰고 어떻게 잉태된 내 분신을 나 몰라라 한다는 말인가 심한 갈등으로 이미 미스 전이 살아지고 없는 신작로를 망연자실, 한참을 바라보고 서 있었다.

병원에 가서 동의서에 서명날인하고 돌아온 며칠 뒤 나는 교장에게 사직서를 냈다. 더 이상 교육자로의 자질이 의심된 마당에 신성한 교직에서 버텨낼 자신이 없었다. 더구나 숙이와의 결혼이 산산조각 난 마당이 아닌가. 교직에 더 머물러야 할 이유도 없어진 지 오래다 싶었다.

질투

커피숍 자리에 앉자마자 미시즈 류는 거리낌 없이 말했다.
"방을 하나 얻을까 해요."
"방을? 왜죠?"
"우리 둘만이 밀회할 수 있는 장소…."
"밀회?"
"왜, 싫어요?"
"당황스러워서…."
"눈치 못 챘어요? 제가 선생님을 좋아하는 거."
"그거야…?"
"숙맥이신가 봐, 선생님은."
"당장 내겐 취업이 먼저라서."
그랬다. 군을 다녀온 나로서는 무직을 벗어나는 게 더 급했다. 남녀문제에 깊숙이 빠져들 처지가 아니었다.

게다가 나는 아직, 낙태 동의서에 서명해준 그 충격에서 벗어나지 못했다. 두 번 다시 남녀문제에 얽히고 싶지 않았다. 솔직히 미시즈 류의 그 심상치 않은 낌새를 전혀 눈치채지 않은 건 아니었다. 하지만 모른 척했다. 그냥 쓱 지나치려 무진 애를 써왔다. 미시즈 류의 말마따나 숙맥인 척하고.

미시즈 류는 한 번 결혼을 한 이혼녀였다. 어떻게 해서 그리 빨리 결혼이 파탄 났는지는 잘 몰랐다. 굳이 알려고 하지 않았다. 미시즈 류도 일부러 그 얘기를 입 밖에 꺼내려 들지 않았다.

미시즈 류는 언니 집에 가정도우미 역할로 와 있었다. 형부는 육군 중령 출신으로 전방부대 대대장이었을 때, 나는 그 부대 근처의 초등학교에서 근무하고 있었다. 결혼한 지 얼마 안 된 그는 초등학교에 다니는 여동생을 데려다 공부시켰다. 바로 그 여동생의 담임교사가 나였다.

5·16쿠데타 이후 학부모였던 대대장은 군복을 벗고 고향 J시로 내려와 시청 부시장이 되었다. 군사정권 시절에 흔히 있는 현상이었다.

학부모였던 부시장 관사를 내가 들락거리는 건 뻔했다. 교사로 복직하기 위한 워밍업이었다. 부시장의 힘을 빌려 발령받기 힘든 J시 소재의 초등학교 교직에 고개를 디밀어보겠다는 속셈이었다.

부시장은 무척 몸을 사렸다. 거의 매일 관사를 들락거리는데도 부시장은 전방부대에 있을 때 학부모의 연을 그렇게 대단하게 여기지 않은 듯했다.

관사를 들락거리다 친해진 게 바로 미시즈 류였다. 관사를 방문하면 잽싸게 마실 것을 대령하는 미시즈 류의 눈길이 처음부터 예사롭지 않았다.

그러던 어느 날, 관사를 다녀가는 나를 배웅하면서 미시즈 류는 조용하고 은근한 목소리로 속삭였다.

"우리, 밖에서 한번 만나요."

미시즈 류는 보통 적극적 성격이 아니었다. 말끝마다 '우리'란 말을 예사로 입에 올렸다. 걸핏하면 우리가 '마음 놓고 쉴 곳'을 힘주어 들먹였다. 동거라도 하자는 건가 지레 나는 겁부터 났다.

여전히 나는 숙맥인 척 별다른 반응을 보이지 않았다. 이혼하고 혼자 살다 보니 남자가 그리운 건 아닐까, 별별 생각이 다 들었다. 계속 나는 먼 산을 보고 딴전을 피웠다.

그럴 수밖에 없었다. 사랑하지 않는데 육욕만으로 빚어진 시련을 이미 겪지 않았던가. 두 번 다시 그런 일에 솔직히 얽히고 싶지 않았다.

미시즈 류는 수다를 떠는 것치고는 어느 정도 교양미도 갖췄다. 그녀가 원한대로 당장 방을 얻진 않았다. 하지만 그녀의 말마따나 우리는 부시장 관사 밖에서 곧잘 만나 커피 마시고 저녁을 먹곤 했다.

그렇게 자주 만나다 보니 남모르게 차츰 미시즈 류와 가까워지는 나를 발견하고 적이 놀랐다. 안 돼! 고개를 세게 저었지만, 이상하게 끌리는 마음을 어쩌지 못했다.

어느 날, 미시즈 류가 서울에 잠시 다녀올 일이 생겼다. 언니의 심부름이었다. 나는 미시즈 류를 배웅하기 위해 역까지 나갔다. 플랫폼에 들어가 미시즈 류가 열차에 오르는 것까지 지켜볼 참이었다.

미시즈 류가 막 열차에 오르고 있는데 이쪽으로 다가오는 낯익은 얼굴 하나가 있었다. 다른 고교 동기지만 각별하게 친하게 지낸 처지였다. 그 친구도 서울에 가는 길이라 했다. 무심코 나는 친구에게 승강기에 오르는 미시즈 류를 소개했다. 지루한 여행에 말동무나 하라면서.

그게 그처럼 탈을 불러들일 줄 몰랐다. 그들은 단순히 말동무로 끝나지 않았다. 엄청 친해져 버렸다. 그것도 아주 뜨겁게. 그러지 않고야 미시즈 류의 태도가 그토록 변할 수 있었을까.

한참 뒤, 나는 J시에서의 교사 발령을 단념하고 서울로 올라가기로 결심했다. J시에서 교사에 임용되기 쉽지 않을뿐더러 때마침 군입대 전에 다녔던 잡지사로부터 부름을 받았다.

보따리를 싸 들고 서울로 가는 길에 느닷없이 미시즈 류가 따라나섰다. 그때까지도 나는 별다른 눈치를 채지 못했다. 다만 언니의 심부름이거니 여겼을 뿐.

서울에 도착해서야 나는 미시즈 류가 따라나선 이유를 비로소 알아차렸다. 미시즈 류는 자꾸만 나를 종로 3가 파고다공원으로 끌었다. 어디 가서 저녁이나 먹자는 내 말은 귓전으로 흘리며 한사코 파고다공원 쪽만 우겼다.

그럴만한 까닭이 있었다. 파고다공원에는 언젠가 J시역에서 말동무나 하라고 미시즈 류를 소개한 바로 그 친구가 기다리고 있었다. 그제야 나는 사태를 짐작했다. 어느새 미시즈의 '우리'가 그 친구로 바뀌어버렸다는 것을.

대번에 나는 역겨운 생각이 치밀었다. 내 입에서 거친 말이 쏟아졌다. 그 친구도 물러서지 않았다. 노골적으로 그는 이쯤 해서 물러서! 강하게 나를 압박했다. 왜 하필이면 파고다공원에서 '우리 사이'를 확인시키려 했을까. 그 의도가 얼핏 머리를 스쳤다. 여차하면 맞짱이라도 뜰 각오였을까.

나는 부지불식간 그의 멱살을 틀어쥐었다. 그도 질세라 내 멱살을 맞잡았다. 미시즈 류가 그사이에 끼어들었다. 그리고 나에게 말했다.

"저를 이해해 주면 안 돼요?"

친구의 멱살을 잡았던 내 손이 스르르 풀려나갔다. 나는 말없이 돌아섰다. 퉤퉤, 침이라도 뱉고 싶은 걸 가까스로 참았다. 그리고 자문했다. 언제 미시즈 류를 사랑한 적 있느냐? 고. 질투심, 시기심을 갖다니, 휙 몸을 돌린 나는 뒤도 안 돌아보고 뛰었다.

미련 없이 내달았다. 잠깐이나마 질투를 느낀 게 얼마나 부끄러운지 몰랐다.

노노레타

"나와 줘서 고마워."
"못 나올 이유가 없죠, 뭐."
"취재목적이 아닌데?"
"커피 한잔하자는 거 아니었어요?"
"딴 뜻이 있는데도?"
"딴 뜻? 기자님이 저에게?"
"사귀고 싶다면?"
"농담이시겠죠, 뭐"
"진심이라면?"
"그럴 리가요."
"사랑한다고는 말 안 할게."
"그럼, 뭐죠?"
"왜 그리 끌리는지 몰라."
"제발, 농담 그만두세요."
"…"
계속 농담이라고 몰아붙이는 바람에 나는 더 할 말을 잇지 못했다. 10여 년의 나이 차이를 무시하고 어린애처럼 구애할 수도 없고, 그냥 물러앉을 수도 없고….

그녀는 이제 겨우 스물이 됐을까 말까, 소녀티가 채 가시지 않은 신인 탤런트였다. 어느 날, TV 드라마 녹화가 있을 때 기자인 나는 그 현장에 있었다. 마침 드레스 리허설을 끝낸 그녀가 한쪽 구석에 앉아 땀을 뻘뻘 흘리고 있는 것을 발견했다. 댓바람에 나는 그녀에게 다가가 물었다. 어디 아파요? 그리고 뒷주머니에 들어있는 손수건을 꺼내 땀방울로 범벅이 된 소녀의 얼굴을 닦아줬다.

한참 뒤에야 숨을 크게 내쉰 그녀는 멋쩍은 듯 말했다.

"고마워요, 기자 님. 맹장 수술받고 얼마 안 돼 녹화 날이 잡혔지 뭐예요. 병아리인 저 하나 땜에 녹화 날짜를 늦춰달라곤 할 수 없었죠."

녹화 내내 그녀는 무척 힘들어했다. 그것을 지켜본 나는 힘들어하는 그녀를 외면할 수 없었다. 돕고 싶었다. 녹화를 끝낼 때까지 긴장을 풀지 못한 채 스튜디오를 서성대며 그녀를 지켜봤다. 그 바람에 그날 저녁 나는 회사에 들어가지 못했다.

그 일이 있은 뒤부터 그녀에 대한 나의 관심은 못 말렸다. 녹화가 있는 날, 땀을 닦아준 손수건이 되돌아오기를 손꼽아 기다렸다. 하지만 그녀로부터 어떤 낌새도 보이지 않았다. 나는 더 기다릴 수 없었다.

어느 날, 방송국에서 그녀를 만났다. 아무 말 없이 나는 쪽지

하나를 그녀의 손에 쥐여줬다. '손수건도 돌려줄 겸 우리 조용한 데서 커피 한잔할까? 퇴계로 3가 아스토리아호텔 지하 커피숍이 조용해요.'

남산 TV방송국에서 곧장 퇴계로 쪽으로 내려오면 아스토리아 호텔이 있었다. 중심가에서 좀 외진 데로 낮에는 좀 조용하고 아늑했다.

커피숍에 먼저 간 나는 그녀가 나타나기를 기다리며 머리에, 가슴에 그녀를 새겨보았다. 나이 차이는 있지만, 숙이의 이미지가 오버랩되면서 실로 오랜만에 나는 연심戀心의 불꽃을 느꼈다. 다소 마르고 큰 키의 그녀는 숙이처럼 육감적이지 않고 이지적이어서 더욱 마음에 끌렸다.

그녀는 쉽게 속내를 드러내놓지 않았다. 정곡으로 들이민 말머리를 슬그머니 비켜 갔다.

나는 서두르지 않았다. 구애에 집착하지 않았다. 다른 화제로 호감을 사보려고도 무진 애를 썼다. 그녀에게 가장 관심이 있는 게 뭘까? 말하나 마나 이제 막 시작한 탤런트 생활, 신인으로서의 꿈과 고충이 아니었을까.

그녀는 그다지 남의 눈치를 안 보는 듯했다. 할 얘기가 있으면 그대로 말하는 것 같았다. 풋내기, 새내기로서의 탤런트 생활에 대해서도 거침없이 털어놨다. 대선배들은 사랑스러운 눈빛으로 대

한 대신 몇 년 차이도 안 된 선배들에 대해선

"왜 그리 콧대가 높은 거죠?"

자못 옥타브를 높였다. 아니꼬울 때도 많았다고 그녀는 말을 이어갔다. 하지만 어떡하죠? 병아리인걸, 입술을 깨물고 참을 수밖에요. 솔직한 감정을 숨기려 들지 않고 거리낌 없이 떠드는 그녀가 왜 그리 귀엽고 사랑스러운지 몰랐다. 한참을 나는 넋을 잃은 채 그녀를 바라보고만 있었다.

나도 들려줘야 할 얘기가 있었다. 탤런트 생활에 적응하지 못하고 중도에 그만둔 새내기, 연습 때 아무렇지 않던 신인이 정작 카메라가 다가오자 뻣뻣하게 굳어버린 얘기, 그래서 연기자는 간덩이가 부어야 한다는 말을 꼭 들려주고 싶었다. 하지만 나는 사랑스러운 그녀를 멀거니 보다가 그만 입술이 굳어버렸다.

그녀가 말을 중단한 새 잠시 나는 자리를 떴다. 요의尿意를 더 이상 참을 수 없었다. 화장실에서 시원하게 오줌을 내갈기면서 나는 다짐했다. 그래, 이번에는 절대 놓치지 말자, 수없이 내 용기를 부추기며 테이블로 다시 돌아왔다.

화장실에서 돌아와 자리에 앉자 그녀는 엉덩이를 들썩거렸다. 바쁘신데 괜히 제가 잡아둔 거 아닌가요? 난 괜찮아, 단연코 머리를 저었다. 아뇨, 제가 안 괜찮아요, 지루하다고 생각될 때 일어서는 게 좋잖을까요, 그녀도 한사코 고집을 꺾지 않았다.

말을 마친 그녀는 엉덩이를 들었다. 그리고 언제 적었는지 모를 쪽지 하나를 내밀었다. 기자님의 마음에 대한 저의 마음이에요, 말을 남긴 그녀는 걸음을 재촉해 커피숍을 빠져나갔다.

그녀를 보내고 자리에 돌아온 나는 그녀가 주고 간 쪽지를 펼쳤다. '노노레타', 네 글자가 눈에 확 들이닥쳤다.

'노노레타'는 우리나라에서 '나이도 어린데'로 번안, 유행한 이탈리아 칸초네의 노래였다. 1964년 유로비전 송 콘테스트에서 이탈리아의 16살 소녀 질리올라 칭퀘티가 불러 우승, 세계에서 선풍적인 유행을 몰고 온 노래로, 감미로운 멜로디는 60년대 한국의 팬들에게도 크게 사랑받았다.

나는 단박에 알아차렸다. '나이도 어리다'는 그녀의 속마음을. 더 이상 무슨 설명이 필요할까. 가슴은 쓰렸지만 걸맞지 않은 연모였다는 것을 수없이 곱씹었다. 그녀의 거절을 받아들이기로 마음을 굳혀갔다.

그날 저녁, 슬픔을 견딜 수 없던 나는 밤새 술집을 돌았다. 고래고래 소리를 질렀다. '나이도 어린데'를 '나이도 많은데'로 노랫말을 바꿔 부르며 부끄러운 줄 모르고 밤새 악을 쓰며 거리를 헤매고 다녔다.

사랑의 안단테

〈맞선〉

연로하신 부모님은 30이 넘은 막둥이를 짝지어주지 못해 무척 안타까워했다. 눈감기 전 손주는 몰라도 며느리라도 보게 해달라고 보통 성화가 아니었다.

추석 때 고향에 내려갔다. 아침 일찍 성묘를 다녀온 어머니는 선걸음으로 막둥이의 손을 끌었다. 어딜 가는데요? 군말 말고 따라와, 영문도 모르고 나는 어머니의 뒤를 따라나섰다.

한참 만에 어머니는 어느 집 문을 밀치고 들어섰다. 머뭇거리는 막둥이를 돌아본 어머니는 뭐 하고 있어, 들어오지 않고, 싸게 들어오라는 눈짓을 보냈다.

어머니의 헛기침 소리에 방문이 열리며 웬 아낙이 나오고, 그 뒤로 작달막한 체구의 젊은 여자가 따라 나왔다.

어머니는 거두절미하고 나를 젊은 여자와 수인사를 시켰다. 그리고 말했다. 처녀·총각끼리 한 번 놀아봐, 서로 싫지 않으면 백년가약을 맺은들 누가 말려, 어머니는 나와 그 여자를 문밖으로 내쫓았다. 말하자면 단둘이 데이트를 즐겨보란 듯.

뜻밖의 맞선이었다. 나는 당황스럽기 그지없었다. 망연히 촛대처럼 서성이는데 여자가 먼저 입을 열었다. 다방에 갈까요? 아님, 극장이라도? 영화나 보죠, 뭐. 여자의 말이 채 끝나기도 전에 나는 얼른 극장 쪽으로 유도했다. 영화를 보고 있으면 서로 쑥스러운 말을 주고받지 않아도 될 성싶었다.

영화는 미국영화였다. 액션물이어서 그럭저럭 지루하지 않게 시간을 때울 수 있었다. 근데 어느 순간, 여자의 고개가 내 어깨에 얹혀있었다. 숨을 거칠게 몰아쉰 것으로 보아 잠시 잠이 든 듯싶었다.

나는 여자가 행여 단잠을 깰까, 조심스럽게 요동도 치지 않고 눌러앉았다. 영화가 끝날 때까지 기다리며 숨도 크게 내쉬지 못했다.

여자가 소스라치듯 어깨에 기댄 고개를 거둬들였다. 그리고 기어드는 목소리로 속삭였다. 잠시 실례했네요.

여자는 미용사였다. 직접 미용원을 운영한다고 했다. 한마디로 생활력이 강한 인상을 풍겼다. 어머니가 왜 그 여자를 막둥이와 짝지어주려는지를 어렴풋이 알아차렸다.

어머니는 교직을 그만두고 서울에서 잡지기자를 업으로 하는 막둥이의 생활을 불안하게 보고 있음이 분명했다. 늙어서 뒷바라지할 능력이 없다는 것을 안 어머니는 막둥이가 자리 잡을 때까지 힘이 돼줄 생활력 강한 며느리를 점찍어주려는 것 같았다. 새삼 아들의 마음은 짠했다.

하지만 나는 선뜻 깊은 모정을 받아들이지 못했다. 미용사가 마음에 차지 않아서는 아니었다. 무엇보다 숙이의 존재가 그때까지도 내 가슴에서 완전무결하게 철수하지 않은 탓이었다.
 나는 솔직히, 어리석게도 여전히, 숙이가 그 남자와 헤어지고 나에게 돌아오기를 목마르게 기다리고 있었다. 그 남자와의 사이에서 낳은 아이도 기꺼이 내가 기를 수 있다고 믿었다.

 두 번째의 맞선은 서울 하숙집 여주인의 알선으로 이뤄졌다. 나의 사람 됨됨을 예사롭게 넘기지 않은 하숙집 여주인은 어느 날, 나를 다방으로 불러내서 어느 여자를 내게 소개했다.
 "나이 든 사람끼리 한 번 어울려 봐요, 잡지기자와 책방 하는 올드 미즈, 어쩐지 잘 어울릴 것 같잖아요, 그럼 두 분만의 오붓한 시간을 위해 이 중신어미는 떠나갑니다."
 말을 남긴 하숙집 여주인은 조용히 다방을 나갔다.
 "올드 미즈라는 호칭, 듣기 좋아요?"
 "안 좋을 것도 없죠, 뭐. 올드 미즈가 틀린 말은 아니잖아요."
 "책 가게를 한다면서요?"
 "쪼그마한 구멍가게인걸요."
 "책읽기를 무척 좋아한 모양이죠?"
 "싫어한 편은 아니죠. 참 그쪽은 잡지사에 나간다고 들었는데?"
 "좀, 야한 대중잡지죠."
 "연예 쪽 기사를 많이 할애하는 대중잡진가요…."
 "애독자들이 거의 산업전선에서 일하는 근로 청소년들이죠.

연예인들은 바로 그들의 선망 대상이에요. 고달픈 노동의 피로를 어루만져 주는데 일조를 하고 있는 셈이죠."

"대중에 대한 남다른 애정, 사명감 같은 게 있으신가 봐요?"

"단순한 직업의식일 뿐이죠, 뭐."

"연예인들도 많이 만나나요?"

"더러. 인기에 비해 수입이 따라주지 않아 엉뚱한 일이 벌어지는, 겉만 화려한 분야랄까요."

"문득, 그들 연예인 생활이 부러울 때가 있었어요."

"여학생 때의 꿈?"

"꿈이라뇨. 잠시 흠모는 했을지언정."

"관심이 없었던 건 아니었군요."

"소녀 때는 누구나…."

올드 미즈는 여운을 남겼다.

올드 미즈는 어떻게 보나 이지적인 인상이었다. 다소 마른 체형과 얼굴에서 날카로움이 번뜩이었다. 어딘지 모를 외로운 그림자는 오히려 묘한 동병상련同病相憐을 불러일으켰다. 끌림이라는 게 바로 그런 건지 몰랐다.

올드 미즈는 달랐다. 내가 싫지 않은 눈치인데 어떤 낌새도 보이지 않았다. 적어도 우리는 6개월간 그렇게 다정한 데이트를 즐겨왔다. 하루가 멀다 싶게 만나 인생을 얘기했고, 고전문학을 들먹이는 등 충분한 시간을 통해 어느 정도 서로를 알 수 있는 시간을 가졌다. 충분히 결혼을 들먹일 단계에 와있다고 생각했다.

하지만 올드 미즈는 여전했다. 무덤덤한 표정을 지키려 들었다. 뭔가 주저하고 있다, 뭔가 망설이고 있다는 걸 느낀 나는 고심했다. 올드 미즈의 그 '주저함'을 깨뜨릴 묘안이 뭘까, 생각하지 않을 수 없었다.

어느 날 밤, 나는 올드 미즈를 디스코 클럽으로 끌었다. 한사코 꽁무니를 빼는 올드 미즈를 거의 강제다 싶게 현란한 불빛이 번쩍이는 디스코텍으로 끌고 갔다.

올즈 미즈가 춤을 잘 출 리 없었다. 한사코 손사래 치는 올드 미즈를 우격다짐으로 플로어에 끌고 나온 나는 그냥 흔들어봐요, 마구 몸을 흔들며 올드 미즈를 자극하기에 심혈을 쏟았다.

우둑하니 서 있기가 조금은 쑥스러웠을까, 올드 미즈는 요란하게 흔들어대진 않았지만, 리듬에 맞춰 어느 정도 스텝을 밟는 듯 싶었다. 차츰 클럽 분위기에 올드 미즈도 휩쓸리고 있다고 나는 굳게 믿었다.

얼마쯤 지났을까. 그만, 가야잖아요? 올드 미즈가 걱정스러운 듯 나를 쳐다봤다. 시간을 보니 12시가 가까웠다. 우리는 급히 클럽을 나왔다. 그때 통행금지를 알리는 사이렌 소리가 울렸다.

어쩔 수 없이 우리는 근처 호텔로 들어갔다. 클럽 인근에는 그런 손님을 위해 크고 작은 호텔들이 즐비하게 들어서 있었다.

이상하게 올드 미즈는 고분고분했다. 모든 것을 각오한 듯. 하지만 그건 나의 착각이었다. 올드 미즈는 밤새 한사코 나를 거부했다.

껴안고 애무하는 것까지 올드 미즈는 완강히 뿌리치지 않았다. 거기까지였다. 올드 미즈는 팬티 쪽에 내 손이 미치기 무섭게 기겁하고 돌변했다. 올드 미즈의 단호함에 나는 계속 치근댈 용기가 없었다. 수치심이 치밀어 올랐다. 퍼뜩, 아이를 밴 숙이가 생각났다. 숙이는 왜 올드 미즈처럼 완강하지 못했을까…,

올드 미즈와는 그게 마지막이었다. 그날의 수치심이 좀처럼 머리에서 지워지지 않았다. 두 번 다시 만나고 싶은 마음이 내키지 않았다. 올드 미즈도 마찬가지인 듯했다. 그런 일이 있고 나서는 두 번 다시 연락이 오지 않았다.

나는 뒤늦게야 깨달았다. 좋아한다, 사랑한다는 말 한마디 할 줄 모르는 사람에게 몸까지 허락할 여자가 어디 있을까? 올드 미즈의 몸을 더듬기 전, 빈말이라도 좋았다. 사랑해! 우리 결혼하자! 마땅히 그래야 하지 않았을까. 아차, 싶을 때 배는 이미 고동을 울리며 항구를 떠난 뒤였다.

또 맞선을 봤다. 이번에는 20대 중반의 젊은 여성이었다. 자주 가던 동네 구멍가게 아주머니가 홀로 지내는 노총각이 안쓰러웠던지 어느 날, 넌지시 내 의중을 떠봤다.

"좋은 혼처가 있는데 한번 만나보지 않을래요, 노총각?"

"맞선을요?"

"눈치가 빠르네, 총각은."

"벌써 여러 차례 본걸요."

"여긴, 조건이 아주 좋아요."

"조건이라뇨?"

"그렇지, 괜찮은 조건이고말고."

"대체 그 조건이라는 게?"

"집 한 채 덥석 앵겨 준대요."

"집을요…."

픽, 웃고 나는 돌아섰다. 인생 대사를 집 한 채로 흥정하다니, 도무지 말 같지 않았다. 아니, 새삼스레 낯모르는 이성과의 교제를 갖는 게 그렇듯 말랑말랑하지 않다는 걸 이미 두 번의 맞선을 통해 뼈저리게 느끼지 않았던가.

나는 곧 그 일을 까마득히 잊어버렸다. 가게 아주머니는 그게 아니었다. 집요했다. 구멍가게를 들릴 때마다 나를 설득하느라 안달이었다. 마냥 거절만 할 수 없던 나는 그래요, 아주머니 소원대로 색시 얼굴이나 한번 봅시다, 못 이긴 채 맞선을 응낙하고 말았다.

맞선을 본 뒤 나는 곧 후회했다. 도무지 그 여성이 정상적이지 않았다. 얼핏 천진난만한 듯싶지만 그게 아니었다. 말투며 행동 하나하나가 어딘지 좀 얼뜨고 모자랐다. 낯선 남자를 처음 만났음에도 처녀는 전혀 부끄럼, 스스럼없이 말도 내키는 대로 마구 뱉어냈다.

나는 당황했다. 순간, 가게 아주머니가 한 말이 머리를 스쳤다. 혼사가 이뤄지면 집 한 채 덥석 안겨준다고? 30을 훨씬 넘긴 노총각에게 그렇듯 팡팡한 여자를 들이민 저의가 불쾌감으로 다가왔다.

그러거나 말거나 계속 말을 걸어오는 처녀를 쳐다봤다. 인연이 안 될 것 같은 예감이 자꾸만 내 머리에 맴돌았다. 없던 일로 하자고 나는 분명 그렇게 얘기하고 싶었다. 하지만 그게 아니었다. 천진난만한 처녀의 얼굴을 본 순간 차마 입술이 떨어지지 않았다. 속으로는 아니라고 고개를 저었지만, 정작 아니라고 말하자니 별안간 그 알량한 동정심, 측은함이 밀물처럼 밀려들었다.

난감했다. 곧 나는 마음을 바꿔 먹었다. 좀 더 시간을 두고 인연이 아니라는 것을 전하는 게 상처를 덜 준다고 생각했다. 그렇다고 같이 떠들고 흥허물없이 말동무하기 멋쩍은 나는 마침 점심 때인지라 근처 음식점으로 자리를 옮겼다.

"뭘 좋아해요?"

"오빠가 점심 먹으로라고 돈 줬어요."

"아냐, 내가 살게요."

"아녜요. 오빠는 제가 꼭 밥값을 내야 한다고 했어요."

나는 계속 우기기 어려웠다. 오빠인지, 누구인지 시킨 대로 하려는 그 우직한 고집을 어떻게 말릴 수 있을까.

점심을 먹고도 더 놀자는 처녀를 덥석, 다음에 또 만나자는 약속을 해버리고 나는 가까스로 그 처녀에게서 벗어날 수 있었다.

집으로 돌아와서 나는 곰곰이 생각했다. 어떻게 생각해도 이 맞선은 글렀다 싶었다. 도무지 집 한 채로 흥정해보는 것부터가 께름칙했다. 내 인생관하고는 거리가 멀어도 너무 멀었다. 첫사랑에 대한 미련 때문만은 아니었다. 노부모를 위해서도 어지간하면 새로운 삶을 살아갈 마음의 각오는 어느 정도 가지고 있었다. 그렇다고 마음에 없는 처녀를 계속 만나는 것도 죄악일지 몰랐다. 아무리 선의의 동정심이라도 더 이상 시간을 끄는 건 못 할 짓이라 생각했다.

나는 벌떡 일어나 구멍가게로 달려갔다. 그리고 가게 아주머니에게 단호히 말했다. 장가 안 가기로 했으니 다시는 중신 같은 것 하려 들지 말라, 냉정하게 내뱉고 돌아섰다. 무거운 짐을 내려놓은 듯 그렇게 홀가분할 수 없었다.

한데 며칠 후 전화가 걸려 왔다. 머리에서 말끔히 지어버렸다고 생각한 그 처녀한테였다. 난감했다. 단호히 가게 아주머니에게 거절의 뜻을 전했음에도 전화를 해왔다면 미처 이쪽의 의사를 전달받지 못한 건 아닐까? 냉정하게 전화를 끊을 수 없었다. 천진한 그녀에게 무슨 잘못이 있을까 싶었다.

"무슨 얘기 못 들었어요?"

"무슨 얘기요?"

"아무래도 우리 안 될 것 같다는 얘기."

"뭐가 안 된다는 거죠?"

"인연이 안 될 것 같다는…."

"그건 또 무슨 말이에요? 저번에 헤어질 때 만나자고 약속했잖았어요?"

"…."

나는 말문이 막혔다. 어떻게 해야 이쪽의 의사를 정확히 전할 수 있을까. 무슨 말을 해도 그녀를 설득한다는 건 어려울 것 같았다. 나도 모르는 새 전화를 끊고 말았다. 통하지 않는 말을 계속한다는 건 담벼락과 얘기하는 것과 뭐 다를까.

득달같이 다시 가게로 내달았다. 가게 아주머니에게 통사정했다. 제발 처녀네 집에 연락해서 두 번 다시 처녀로부터 전화가 걸려 오지 않도록 신신부탁했다.

그래도 소용없었다. 전화는 계속 울렸다. 보나 마나 그 처녀에게서이리라. 눈물을 머금고 아예 전화를 받지 않았다. 말귀를 못 알아듣는 처녀를 설득할 수 없는 한 아예 전화를 안 받는 게 상책이었다.

며칠째 끊임없이 울리던 전화는 얼마 뒤 뚝 끊겼다. 비로소 나는 안도의 숨을 내쉬었다. 마음은 편치 않았다. 두 번 다시 맞선 같은 거, 안 보기로 다짐하고 또 다짐했다. 아니, 아예 '면 총각'할 생각을 접기로 굳게 마음을 다졌다.

천사

그랬다. 나는 사랑한다는 말에 인색했다. 왜 그렇게 그 말을 쉽게 내뱉지 못하는지 몰랐다. 번번이 후회하곤 했지만, 여전히 입은 잘 떨어지지 않았다.

왜 그럴까. 죽어도 좋아한다, 사랑한다는 말이 쉽게 터져 나오지 못한 이유가 뭘까. 낯이 뜨겁고 간지러웠다. 뱅뱅 입속을 맴돌 뿐 성큼 내뱉지 못한 사랑이, 그만큼 신성시했기 때문이 아니었을까. 교제다운 교제, 사랑다운 사랑도 하지 못한 채 훌쩍, 서른 고개를 넘긴 까닭이었다.

한데 어찌 된 노릇인가. 진짜 짝을 만났다. 사랑한다, 입도 뻥긋하지 않았음에도 불구하고 총각 귀신을 탈탈 털어낼 눈먼 천사가 나타났다.

어떻게 생각해도 그녀는 눈먼 천사였다. 그렇지 않고야 사랑한다, 말 한마디 얼씬한 적 없는데 천사는 주저하는 법 없이 몸과 마음을 몽땅 내게 맡겼다. 자그마치 10년의 나이 차이 난 내게 호박이 넝쿨째 굴러들었다.

인연이란 참 묘했다. 천사와 나는 이름이 같았다. 성은 달라도 이름은 같은 '보경'이었다. 그러니까 남보경南寶京과 여보경呂寶

環의 만남이었다.

 천사는 잠깐 아는 언니의 부탁으로 퇴계로 3가의 아스토리아 호텔 지하 커피숍에서 일한 적이 있었다. 내가 기자로 근무하는 잡지사는 바로 그 건너편이었다. 취재 대상이나 나를 찾아오는 사람은 거의 다 그 커피숍에서 만났다. 천사와도 자연스럽게 안면을 익혀 왔다.

 그날은 편집부장에게 기사 문제로 심히 야단을 맞았다. 언짢은 기분으로 잡지사를 빠져나온 발길은 자연 아스토리아호텔 지하 커피숍으로 향했다.

 홀 안에는 손님이라곤 나 한 사람뿐이었다. 눈을 감고 언짢은 기분을 달래고 있었다. 얼마나 지났을까. 예쁜 목소리가 침묵을 노크했다. 눈을 떠보니 천사가 허리를 굽히고 조심스레 말을 걸어오지 않는가.

 "잠시, 좀 앉아도 될까요?"

 "아, 예, 앉아요."

 "선생님 성함, 보경이 맞죠?"

 "맞아요, 남보경. 근데?"

 "왜냐 하면요…."

 "왜냐면?"

 "저도 보경이거든요. 여보경."

 "성만 다른 셈인가!"

"그러기 말예요."

"어렸을 때, 놀림 많이 받았지."

"왜죠?"

"여자 이름 같다고."

"전 남자 이름 같다고 놀림당했는데요."

"우리 이름, 남녀 구분이 애매하다는 얘기네."

스스럼없이, 우리는 마주 보며 하하 호호 웃었다. 그리고 곧 친해졌다. 손님과 종업원이 아닌 '남자와 여자'로.

그 무렵, 연로하신 부모님이 한 달 새 다 돌아가셨다. 그렇듯 바랐던 막둥이의 혼사를 못 본 채 시름시름 앓고 계시던 어머니가 숨을 거둔 지 채 한 달이 안 돼서 식음을 전폐하다 싶은 아버지도 끝내 눈을 감았다. 조문객들은 입을 모아, 부모님의 운명殞命을 두고 천생연분의 호상好喪이라며 어버이를 잃은 자식들의 슬픔을 위로했다.

엄마 아빠를 한꺼번에 잃은 막둥이에게 슬픔은 실로 컸다. 일찍이 며느리를 대령 못하는 게 그렇듯 후회스러울 수 없었다.

하지만 나는 마냥 슬픔을 달래고 있을 수만은 없었다. 다니던 잡지사 원고 마감이 목전에 다가와 있었다. 삼우제三虞祭를 지낼 사이도 없이 나는 서둘러 야간열차를 타고 서울로 치달았다.

야간열차는 아직 어둠이 깔린 새벽, 서울역에 도착했다. 나는 곧장 하숙집으로 가지 않았다. 역 근처 여관에 들러, 그간 몰린 피로를 푼 다음 곧장 회사로 출근할 참이었다.

사워를 마친 나는 잠시 눈을 붙일 양으로 누웠다. 눈은 좀처럼 감기지 않았다. 몸과 마음은 지칠 대로 지쳐 있었다. 한데 정신은 말짱했다. 문득, 천사의 얼굴이 떠올랐다. 천사에게 위로받고 싶었다. 천사의 가슴에 얼굴을 파묻고 엉엉 울면 피로가 말끔히 풀릴 것 같았다. 그래야만 맺힌 한, 살아생전 엄마 아빠에게 효도 한번 못한 회한을 어느 만큼 잠재울 수 있지 않을까 생각했다.

이른 새벽, 가까스로 천사와의 통화가 이뤄졌다. 천사의 목소리가 들리자 나는 댓바람에 어린애처럼 애원했다. 빨리 와줘, 이러다 나 죽을지 몰라, 다급한 목소리로 천사에게 마구 보챘다. 외로움이 그처럼 무서운지 몰랐다.

득달같이 달려온 천사가 방문을 열고 들어섰다. 순간, 나는 제정신이 아니었다. 와락, 천사를 껴안고 뒹굴었다. 어느새 옷을 벗기고 드러난 젖가슴에 얼굴을 파묻은 나는 거친 숨소리를 몰아쉬었다. 천사는 조금도 저항하지 않았다. 아니, 모든 걸 내게 맡긴 듯 조용히 나를 받아들이고 있었다.

언뜻, 카뮈의 소설 『이방인異邦人』이 생각났다. 뫼르소가 어머니의 초상을 치른 뒤 직장동료인 마리를 품에 안은 부조리不條理가 머리를 스쳤다. 하지만 나는 괘념하지 않았다. 천사의 배 위에서 씩씩대며 천국으로 달려가고 있었다.

그때까지 나는 천사의 손끝도 건드리지 않았다. 겉으로 한 번도 내색한 적은 없지만, 천사에게 끌리고 있다는 건 숨기지 않았다. 정식으로 고백할 기회를 노리고 있는 참이었다.

몇 번이고 좋아한다, 사랑한다 고백하고 싶었다. 말로 표현하는 건 여전히 서툴렀지만. 혼전에 절대 천사의 몸을 탐하지 않기로 굳게 다짐한 것도 어느 순간, 와르르 무너졌다. 하지만 나는 결코 후회하지 않았다.

천사는 한마디로 구세주였다. 방황해온 마음이 그렇듯 평온할 수 없었다. 알레그로와 아다지오를 넘나들던 사랑의 안단테는 드디어 클라이맥스를 치닫고 있었다. 바로 그건 천국으로 가는 길이었다.

일요일 아침, 외출복으로 차려입은 나는 거울 앞에서 잠시 서성거렸다. 헝클어진 머리도 말쑥이 빗어 넘겼다. 오랜만에 넥타이도 빨간색으로 골라 단정하게 맸다. 늘 간편한 옷차림을 즐겨온 나는 모처럼 정장을 하고 나니 좀은 쑥스러웠다.

쑥스러움은 금세 사라지고, 거울 가득히 웃음이 번졌다. 갑자기 오늘 만나기로 한 천사의 얼굴이 거울에 어른댔다. 무슨 일이 있어도 오늘은 내 결심을 천사에게 알리리라, 생각하니 나도 모르게 가슴이 두근댔다. 어깨도 들썩였다. 거울 가득히 번진 미소를 향해 나는 주먹을 쥐어 보이며 속으로 외쳤다. 파이팅!

사랑의 안단테

10시 반 창경원 문 앞에서 천사를 만나기로 약속했다. 그날 새벽에 돌연 여관방에서 몸을 섞은 뒤 나는 천사를 도통 못 만났다. 하루에도 수없이 전화를 주고받았지만, 정작 얼굴을 못 본 지 어느새 일주일이 후다닥 지나버렸다.

그동안 안달이 난 것과 달리 천사를 직접 만나지 못한 이유는 일하는 잡지의 기사 마감 때문이었다. 기사 마감이 닥치면 적어도 일주일간은 화장실 갈 틈도 나지 않았다. 걸려 오는 전화도 받는 둥 마는 둥 하기 일쑤였다. 그만큼 기사 마감은 뼈를 깎았다.

눈코 뜰 새 없는 마감이지만, 한시도 나는 천사를 머리에서 지우지 못했다. 그 바람에 편집부장으로부터 얼마나 타박받았는지 몰랐다. 남기자, 뭘 꾸물대고 있지, 아직도 멀었어! 이루 말할 수 없이 혼나고 독촉받았다. 딴 때보다, 딴 기자들보다 훨씬 나는 늦게 기사를 마감하는 수치를 겪었다.

그래도 나는 행복했다. 그토록 눈코 뜰 새 없이 쫓기는 몸이었지만 천사를 머리에 그리고 또 그렸다. 그리고 거역할 수 없는 결론 하나를 찾아냈다. 누가 뭐래도 이번만은 절대 천사를 놓치지 않겠다, 무슨 수를 써서도 천사의 몸뿐 아니라 가슴마저 내 것으로 만들 것을 다짐, 또 다짐했다.

바쁜 마감 시간임에도 금은방을 찾은 나는 천사와 혼약을 맹세할 가락지를 주문했다. 다이아몬드이나 백금 등의 고가반지는 아니었다. 금반지, 그것도 실반지이었다. 마음을 주고받는 정표면 되지 싶었다.

춘삼월의 하늘은 파랬다. 천사는 이미 창경원 문 앞에서 서성대며 내가 오기를 기다리고 있었다. 약속 시간 10분 전 나는 천사의 앞에 나타났다.
"빨리 나왔네요."
"아니, 저도 이제 막 도착했는걸요."
천사의 표정은 하늘처럼 맑았다.
이미 예매해둔 입장표를 내밀고 천사와 나는 창경원에 들어섰다. 일요일이고, 벚꽃이 왁자지껄하게 핀 때문인지 제법 많은 인파가 술렁거렸다. 엄마와 아빠 손에 매달린 아이들, 젊은 남녀가 나란히 거니는 모습도 눈에 들어왔다.
창경원은 동물원이었다. 일제 강점기에 우리 고래의 창경궁을 헐어 동물원을 만들었고, 널따란 정원에 벚나무들을 과수원처럼 심어 놓았다.
"벚나무정원 쪽으로 갑시다."
"동물들을 보러온 거 아녔어요?"
"저렇듯 활짝 핀 벚꽃이 우릴 손짓하잖아요."
"활짝 핀 벚꽃, 정말 화려하네요."
"벚꽃이 왁자지껄한 4월, 혼약결의하기 딱 좋은 날이네요!"
"갑자기…?"

천사가 가던 발걸음을 멈췄다. 놀라고 있는 게 분명했다.
"왜, 혼약 맹세 싫어요?"
천사는 여전히 의아한 얼굴이었다. 혼약결의를 입에 올린 내 저의를 탐색하려는 듯.
우리의 발걸음은 벚꽃이 왁자지껄한 나무 아래에 다다랐다. 망설임 없이 나는 덥석, 천사의 손을 잡았다. 그리고 호주머니 깊숙이 넣어둔 조그만 복주머니를 꺼내 들었다.
"벚꽃 나무 아래서 혼약을 맹세하고 싶었어요. 삼국지에 나오는 유비와 관우, 장비가 도원桃園에서 형제 결의하듯, 우리라고 앵화원櫻花園에서 혼약결의 못하란 법 있어요. 남南과 여呂, 두 보경의 백년해로 언약!"
말을 마친 나는 복주머니에서 금가락지 두 개를 꺼냈다.
"비싼 보석 반지는 아니지만, 마음의 정표로 받아주지 않을래요!"
어쩔 줄 모르고 우두커니 서 있는 천사의 왼손을 나는 끌어당겼다. 가락지 하나를 천사의 약지에 끼워주고, 또 하나의 가락지는 천사에게 건네며 왼손을 내밀었다.
천사도 주저하지 않았다. 나의 결심이 장난이 아니라는 걸 알아챈 듯 내민 금가락지를 천사는 내 왼손 같은 약지에 숙연히 끼워 넣었다.
"고마워요. 내 청혼을 기꺼이 받아줘서!"

나는 천사의 두 손을 감싸 쥐고 진지한 웃음을 보냈다. 그리고 천사의 왼볼에 가만히 입술을 가져갔다. 붉힌 얼굴을 들지 못한 천사의 표정은 감동과 감격의 빛이 역력했다.

벚꽃 나무 아래 두 보경의 혼약결의는 그렇듯 극적으로 이뤄졌다.

나는 만세를 불렀다. 만만세를. 그걸 지켜보던 쌍쌍의 데이트족, 상춘객들이 일제히 우리 쪽을 향해 뜨겁고 힘찬 박수를 보냈다. 축복의 박수를.

그로부터 한 달 뒤, 우리는 예식장에서 절차에 따라 정식 부부로 탄생했다. 드디어 두 보경은 하나의 보경으로 거듭 태어났다. 하나가 된 두 보경은 행복의 피안彼岸을 향해 힘껏 배를 저었다. 비로소 사랑의 파도는 안단테로 접아들었다.

연애 대장의 안과 밖

세종로 뒷골목에서 옛 직장 동료를 만나 점심을 먹고 세종회관 정문 쪽으로 걸어가는데 누군가 툭, 어깨를 친다.

"야, 너, 연애 대장 아니냐!"

획, 돌아서니 알듯 모를 듯싶은 얼굴 하나가 활짝 웃고 있다.

"안창열?"

"그래도 날 기억하고 있긴 있네."

"까칠한 네 낯짝을 내가 왜 잊어먹어."

"아무튼 우리, 오랜만에 만났는데 이대로 헤어질 순 없잖아?"

말이 떨어지기 바쁘게 그는 앞장서서 세종회관 미술관 라운지로 성큼성큼 들어간다.

새로 깔끔하게 단장한 라운지는 널찍한 공간에 도서 진열대까지 마련돼 있고, 그 옆으로 투명한 유리로 칸막이를 한 카페가 눈에 띈다. 서슴없이 카페로 들어간 그는 자리에 앉자마자 아메리카노? 묻는 둥 마는 둥 서둘러 주문대에 가서 오더부터 하고 자리로 돌아온다.

"서두르는 건 여전하구나."
"그래야 직성이 풀리는걸."
"그 성질머리 땜에 부부싸움 깨나 했겠다?"
"아니, 와이프는 현모양처야. 한데 요즘은…. 넌 어때?"
"다퉜다 하면 비인격적 폭언도 서슴잖게 주고받을 때가 있지."
"연애 대장이란 별명과는 전혀 딴판이네."
"건 네가 억지로 갖다 붙인 별명 아니냐. 속도 모르고."
"야 인마. 입에 침이나 발라라."
"아냐. 겉보기와는 달라. 어떤 여자든 단둘이 만나면 꿀 먹은 벙어리지."
"못 본 새에 거짓말만 늘었군."
친구는 믿을 수 없다는 듯 입가에 묘한 웃음을 날린다.

거짓말만 늘었다는 친구의 핀잔은 사실과는 너무 다르다. 여자에 관한 한 나는 숙맥이다. 그전에도 그렇고 나이 들어서도 마찬가지다. 변한 게 하나도 없으니까.
혹자는 물을 거다. 그럼 지금 사는 아내와는 어떻게 된 거냐고. 사랑한단 말은 못 할지언정 결혼하자고는 했을 거 아니냐. 뽕을 따려면 적어도 뽕나무는 기어오르긴 했을 테고, 하다못해 같은 이불을 덮자는 말쯤도 했을 거 아닌가.

당연한 의문일 수 있다. 아무튼 한 여자와 한집에 살게 됐을 뿐 아니라, 또 자식도 자그마치 셋이나 뒀으니, 옆에서 보면 분명 내숭으로 보였을 법하다. 스스로 생각해 신통방통하리만치.

돌이켜 보면 그렇다. 아내와도 결코 아기자기한 교제를 통해 결혼이 이뤄진 건 아니다. 솔직히 말하자면 어쩌다 보니까 그렇게 됐을 뿐이다. 그런대로 탈 없이 어느새 중년을 넘어가는 부부로 오늘에 이르렀으니. 백년해로는 몰라도 불행과는 먼 평범한 삶을 사는 건 틀림없다.

다시 돌이켜보면 내가 임자 있는 몸이 될 수 있었던 건 순전히 아내 덕이다. 아내의 현명한 이끌림에 아무 말 없이 졸졸 따라가 보니 거기, 가정이라는 울타리가 쳐지고 보금자리가 나타난다.

별다른 대화가 없는 채 우리는 자그마치 3년을 사귄다. 만나면 차 마시고, 밥 먹고 극장을 갈지언정 좋아한다든가, 결혼하자든가, 은근슬쩍 모텔로 끄는 일도 없이 어느새 세월은 그처럼 지나버린다. 그러던 어느 날, 저녁을 먹은 뒤 아내는 내 눈치를 살피며 불쑥, 말을 꺼낸다.

"집에서 시집가라고 저 성화네요."

"가면 될 거 아닌가요."

"누구한테요?"

"점 찍어둔 사람도 없어요?"

"거기밖에는….”

"그럼, 나한테 시집오면 되겠네, 뭐."

그렇게 해서 우리는 부랴부랴 부부가 된다.

그런데 친구는 몇십 년 만에 만나서도 첫 인사가 고작 '연애 대장'이란다. 여자와는 그 흔한 달콤한 밀어 한마디 나눠본 적 없는 사람에게, 친구는 나를 보자 선뜻 여친들로부터 인기가 많았던 나를 기억해 낸 게 분명하다.

옆에서 보기에 따라 나는 그런 오해도 받을 만하다. 어떤 모임에서나 그렇다. 내가 나타나기만 하면 여친들은 남친들의 시선일랑 아랑곳없이 내 주위를 에워싸고 왁자지껄하다. 내 입으로 말하기는 좀 쑥스럽지만, 핸섬하고 리더십 뛰어나고 매너좋기로 소문난 나는 남친들한테 반대로 질시의 대상이 됐을뿐더러, 모르는 새 연애 대장이란 딱지가 붙어버린다.

대학 3년 때인가. 우리는 재미있는 모임을 하나 만든다. 이름하여 '평지모', 평화를 지향한 모임이래서 붙여진 말이다. 유신시대, 대학가의 시위는 절정에 이른다. 학업에 열중해야 할 대학 강의실은 맨날 텅텅 비기 일쑤다. 모두 시위로 거리에 쏟아져 나갔기 때문이다.

나는 시위대에 휩쓸리지 않았다. 도무지 시위가 싫었다. 그건 폭력이며, 폭력은 또 다른 폭력을 불러들일 뿐이라는 신념이 확고한 편이었다.

시위로 대학생들이 빠져나간 강의실은 썰렁하다. 책이나 읽을까 강의실에 들어서는데 텅 빈 강의실에 먼저 와있는 학생이 책을 읽고 있다. 나는 발소리를 죽이고 가까이 다가간다.

얼마나 지났을까. 무심코 고개를 든 그가 옆에 서 있는 나를 보고 흠칫 놀란다.

"방해됐나요?"

"아뇨. 그렇지 않아도 일어설 참이에요."

"시위엔 왜 빠진 거죠?"

"폭력집단에 왜 내가 섞이죠."

"그럼, 간디안?"

"그쪽도?"

"이유 여하를 불문, 폭력은 딱 질색."

친구도 무척 반긴다. 간디안은 간디주의자, 비폭력 무저항주의자란 뜻이다. 간디가 누구냐. 비폭력, 무저항으로 대영제국의 식민정책을 조롱한, 인도 총리를 역임한 분이지 않은가. 연일 시위로 스산한 캠퍼스에서 비폭력이란 초록의 동색을 만났으니, 그의 반가움이 어느 정도인지 짐작이 가고도 남는다.

우리는 급속히 가까워진다. 그리고 우리뿐 아니라 시위로 얼룩진 캠퍼스를 아쉬워하는 평화주의적 성향의 학생들이 적잖이 숨어지낸다는 걸 알아내고, 친구와 나는 알게 모르게 사람을 모은다. 그게 바로 '평지모', 평화지향모임이다.

평화를 지향한 모임인지라 우리는 만나면 즐겁고 건전한 오락으로 우정을 다진다. 남친들보다 여친들이 더 적극적이랄까. 거듭 말하지만 매너좋고, 핸섬하고 리더십 뛰어난 나의 존재감은 시간이 흐를수록 여친들에게 더 어필된다.

친구의 부러움이 얼마나 컸으면 수십 년이 지난 지금에도 나를 보자마자 그처럼 '연애 대장'이란 것부터 떠올랐을까.

고 3년 때인 것 같다. 우리 집 별채에 야한 여자가 세 들어 살았다. 엄마 아빠의 주고받는 말을 흘려듣기론 돈 많은 사람의 숨겨둔 여자란다. 사춘기를 갓 넘긴 나로서는 어렴풋이나마 바람쟁이의 이중생활이거니 여겼다.

여자는 야하긴 하지만 이목구비가 수려한 게 속 빈 바람쟁이의 눈길을 끌기 충분하다. 게다가 가끔 장고에 맞춰 뽑는 옛 가락이 내게는 소음으로 들리지만, 엄마 아빠가 아무 말 없이 귀 기울이는 걸 보면 예사로운 여자가 아니라는 것쯤 짐작할 수 있다.

엄마 아빠의 흘려듣는 말에 따르면 그 여자는 퇴기退妓란다. 퇴기가 뭔지를 몰라 국어사전을 들춰보고서야 기생을 그만둔 여자라는 걸 알게 된 나는 비로소 짠한 그녀의 삶을 생각하게 이른다.

남자가 자주 들락거릴 때 별채는 조용하다. 하지만 남자가 뭣 때문인지 일주일, 열흘이 넘도록 발걸음이 뜸할 때 별채는 보통 시끄럽지 않다. 낮과 밤을 가르지 않고 장고에 가락을 뽑아대는 소리에 밤잠을 설칠 때가 적잖다.

그러던 어느 날 밤. 깊게 든 잠자리가 예의 장고와 노랫가락으로 설치게 된다. 금방 소음이 그치지 않을 듯싶어 나는 슬그머니 밖으로 나온다. 그리고 마당 한쪽에 놓인 역기로 설잠을 깬 분풀이를 한다.

갑자기 뚝, 별채의 소음이 멈춘다. 문이 열리며 여자의 쉰 목소리가 어둠을 더듬거린다.

"거, 누구여?"

"접니다. 잠이 안 와서요."

기어드는 목소리가 스스로 듣기에도 그렇듯 처량할 수 없다.

"하기사 나도 잠이 안 와 이 모양이지만⋯."

잠시 말을 끊은 여자는 곧 다급한 소리로 얼른 나를 방으로 끌어들인다.

그 뒤에 벌어진 얘기는 차마 내 입으로 옮겨놓기 낯간지럽다. 엉겁결에 아빠가 엄마의 배 위에 올라 씩씩댄 것처럼 그 여자 배 위에서 아우성치던 일, 그렇게 해서 동정童貞을 잃은 일이 그동안 얼마나 나를 괴롭혀 온 건지 상상하기조차 싫었다.

"워낙 말수가 적은 분인가 보죠?"

"아, 네, 뭘 좀 생각하느라고…."

후닥닥, 자세를 고쳐 앉은 나는 엉뚱한 데에 두고 있던 시선을 비로소 앞에 앉은 여자에게로 옮긴다.

여자는 웃고 있다. 보기에 따라서는 여러 가지로 전달되는 웃음이다. 의문의 웃음일 수도 있고, 비웃음일 수도 있을 법하다. 그도 그럴 게 여자를 만난 지 자그마치 20여 분이 지나도록 나는 말을 걸기는커녕 눈길 한번 여자에게 준 일이 없기 때문이다.

여자가 만나자고 해서 마련한 자리다. 어느 모임에서인가 두어 번 만난 여자는 어느 날, 헤어지기 전 다른 사람 눈을 피해 얼른 쪽지 하나를 건넨다. 긴요한 얘기가 있다며 만나자는 쪽지다.

이유 여하를 불문하고 사내라면 당연히 주도적으로 말을 걸고 분위기를 만들어 거는 게 상식이다. 하지만 의례적인 인사를 나누고 차를 시킨 뒤부터 그토록 먼 산만 보고 있었으니, 여자인들 얼마나 답답했을까.

어떤 모임에서건, 적어도 세 사람 이상이 있는 자리에선 나는 스스럼없이 좌중을 휘두른다. 그래서 누구나 나를 사교적이고 깔끔할뿐더러 무한 다정한 사내로 짐작하기 마련이다.

하지만 단둘이 만났을 때는 평소의 나와는 딴판이 된다. 그토록 호기 있게 떠들어대던 입이 굳게 닫힌다. 꿀 먹은 벙어리다.

"제가 마음에 안 드신 모양이죠?"

십중팔구 침묵을 견디다 못한 여자는 자리를 박차고 나가버린다. 앞의 여자도 마찬가지다. 화장실을 가는 척 자리를 뜨더니 끝내 돌아오지 않는다. 비로소 나는 숨넘어가리만치 답답한 가슴이 확 트이는 걸 느낀다. 살 것만 같다.

아까 그 여자를 처음 보는 순간, 나의 눈을 사로잡은 건 여자의 얼굴이 아니다. 유난히 풍만한 앞가슴. 터질 듯싶은 젖무덤이 덜렁, 눈앞을 압박해온 거다. 얼른 시선을 먼 데로 보내지만, 가슴은 그게 아니다. 마구 방망이질이고 숨이 차오른 게 토할 듯 역겨웠다.

그때 앞의 여자가 슬그머니 자리를 떠났기 망정이지 그렇지 않으면 어떻게 됐을까. 와락 여자를 덮쳤거나, 아니면 내가 먼저 일어나 밖으로 줄행랑을 친 게 고작이리라.

세 사람 이상이 만나는 자리에서는 전혀 없던 증세가 꼭 여자와 둘만이었을 때만 나타나는 건 무엇 때문일까?

그렇다. 지나친 상상력 때문이다. 단둘이 여자와 얼굴을 맞대는 순간, 여자의 얼굴에서 젖가슴을 거쳐, 허벅지 가랑이로 내려간 눈길은 끝내 엄청난 파도를 불러들인다. 기다린 듯 고교 시절 별채 퇴기의 배 위에서 씩씩대던 모습이 확 덤벼든다. 그건 분명 풍랑이다. 견디기 힘든….

제대로 된 연애랍시고 못하는 까닭이라면 웃을까. 내숭 떨지 말라고 눈들을 흘길까. 여자들이 섞여 있는 자리건 아니건 여럿

이 모인 자리에서는 좌중을 사로잡은 그 빼어난 화술, 매너로 단연 뭇 여자의 선망을 한 몸에 받으면 뭣하나. 단둘이 만나면 숙맥인걸, 엉뚱한 상상으로 씩씩대야 하는걸.

단둘이 만나선 절대 안 되는 줄 알면서도 어쩔 수 없이 거절 못 하는 이유는 간단하다. 너무 간곡하고 애절한 여자의 바람을 노, 하지 못하는 약한 마음 때문이다. 그게 탈이라면 그 또한 못 말리는 탈이다.

그동안 수없는 여자와 만나긴 만난다. 단 내가 만나자고 해서 만난 건 거의 없다. 죄 여자 쪽에서 원해서다. 그리고 한 번 만나 본 여자는 두 번 다시 연락해온 적이 없다. 정작 만나보니 그렇게 싱겁기 짝없는 사내임을 대번에 눈치채기 때문이리라.

나 또한 단 한 번도 여자에게 데이트를 신청한 적이 없다. 만나고픈 여자, 사귀고픈 여자가 전혀 없는 건 아니다. 하지만 선뜻 만나자, 사귀자는 말은 못 한다. 단둘이 만났을 때 그 못된 증세를 잘 아는 나로서는 엄두를 내지 못한다. 솔직히 냉가슴만 앓을 때가 많다.

한마디로 그건 병이다. 도저히 치유가 안 되는 중병이다. 평소에는 그렇듯 점잖고 얌전한 증세가, 여자와 단둘이 마주 앉기 무섭게 발광한다. 발가벗은 여체가, 고교 시절 뜻하지 않게 동정을 잃은 섹스가 오장육부를 흔들어 놓고 마는 거다.

섹스, 성에 관한 한 나는 죄의식으로 똘똘 뭉쳐 있는 건 아닐까. 첫 단추를 잘못 낀 탓일 수도 있다. 그럴지도 모른다. 첫 경험이 문제의 발단이니, 퇴기退妓의 돌연한 이끌림에 홀러덩 빠진 뒤부터이니 말이다. 여자와 단둘이 만나기만 하면 에누리 없이 떠오르는 고놈의 정사 장면, 제정신일 리 있을까. 원망스러운 일이다. 참으로 저주스러운 일이다.

아침을 먹고 막 물을 머금고 입안을 헹구는데 핸드폰이 울린다.
"안창열이야."
"아직 안 떠났어?"
"내일 출국할까 싶어서."
"그럼, 오늘 점심이나 할까?"
그래서 나는 부랴부랴 그 친구를 만나 오찬을 함께 한다.
한데 시종일관 그의 얼굴이 어둡다. 뭔지 하고픈 말이 있는 듯한데 꿀꺽꿀꺽 삼켜버린다.
"할 말 있음, 해보라고. 뭔데 그리 뜸 들이는 거지?"
"사실은 말이야….."
"팍팍 털어놔 보라니까."
"사실은 지금 와이프와 별거 중이야."
"그럼 와이프가 지금 서울 친정에 와 있는 건가?"
대답 대신 그는 고개를 끄덕인다. 그리고 한참 뒤에야 땅이 꺼질 듯 한숨 쉬고는 와이프가 가방을 챙겨 서울 친정으로 와버린 얘기를 담담히 들려준다.

친구는 언젠가 건강검진을 받았다. 간암이란 맑은 하늘의 때 아닌 벼락이었다. 초기이니 온몸에 암세포기가 퍼지기 전, 수술 받는 게 어떠냐고 의사가 권했다.

친구는 암이란 진단에 이성을 잃었다. 죽음이 당연한 것처럼 받아들인 친구는 마시지 않던 술까지 입에 대며 자신을 학대하기 시작했다.

어느 날 밤, 아내는 친구의 돌연한 주정을 그냥 넘기지 않았다. 왜 안 하던 짓이냐고 따졌다. 그 표정이 왜 그리 표독스러웠던 걸까. 송곳으로 변해버린 날카로운 친구는 아차 하는 순간, 아내의 뺨을 후려쳤다. 실로 눈 깜짝 할 사이였다.

"자넨 비 폭력주의자가 아니었어?"

"죽음 앞에선 그런 게 다 소용이 없더라고."

"쯧쯧, 아무리 죽음 앞이라지만⋯."

"더욱 웃기는 건 그다음이었지. 간암 진단이 오진으로 밝혀진 거야. 다시 엠알아이MRI를 찍어본 결과 간은 너무 깨끗했었어."

"그럼, 아내에게 자초지종을 설명하면 될 거 아닌가?"

"그래서 친정에 와 있는 아내를 만나러 온 건데⋯."

"왜, 안 만나 준다 그거야?"

"끝난 일이라며 나중에 이혼 서류를 보낼 거라지 뭐야."

"단단히 삐졌군. 까칠한 자네가 문제지만."

한참을 뜸 들인 나는 뻔한 거지만, 방법 하나를 친구에게 일러준다. 너무 쉬운 방법이기에 미처 그 생각을 하지 못했으리라.

간단한 방법이다. 술기운으로 아내가 있는 친정으로 쳐들어가는 거다. 장인 장모가 있는 자리에서 자초지종을 털어놓고 손찌검한 거, 이유 여하를 불문하고 구구절절 빌어라. 친구가 너무 순진할뿐더러 까칠한 성깔머리가 일을 그르친 게 분명하다.

이틀이 지났다. 아침을 먹고 막 집을 나서려는데 휴대폰 벨이 울린다. 안창열, 그 친구다.

"인천 공항이야. 미국으로 떠나려고. 물론 아내와 함께지. 다 네 덕이다."

그리고 전화는 곧 끊겼다.

참으로 싱거운 친구다. 일이 잘 풀렸으면 당연히 만나서 입이 마르고 닳도록 고마움을 표하는 게 옳다. 훌쩍 떠나는 공항에서 불쑥 한마디만 던지고 떠나다니 괘씸하기 이를 데 없다.

하긴 그는 그런 친구다. 아무리 좋게 보려도 까칠한 건 여전하다. 속은 안 그런 거 같은데 겉은 늘 당당하고 냉엄하다. 교만이 느껴져 오싹할 때도 있지만. 같은 비폭력서클 멤버가 아니라면 벌써 따돌림 당하기 좋은 성깔머리다.

그간 그의 아내도 잘 참아온 것 같다. 어쨌든 그놈의 손찌검이 아니었으면 아무 탈 없을 아내와 화해하고 미국으로 동행한다니 얼마나 다행한 일이냐. 다 그게 늦게나마 연애 대장이라던 내 덕이라니 절로 어깨가 으쓱하다.

연애다운 연애는 못 할지언정 늘 연애하는 기분으로 산다는 거, 얼마나 현명하고 원만한가를, 철부지 그 친구에게 전파됐다면 그걸로 그만이다. 친구와 나는 누가 뭐래도 비폭력 평화주의자인 게 틀림없으니까.

원더풀 딴따라

제 방에서 나온 여중 2년생 외손녀의 입이 잔뜩 부르터 있다. 왜 그리 부르텄지? 거실 소파에서 TV를 보고 있던 외할아비는 사랑스러운 눈빛을 보내며 묻는다. 번쩍, 눈이 빤작인 외손녀는 뭔가 털어놓을 대상을 찾았다는 듯, 외할아비 옆에 와락 붙어 앉는다. 그리고 그 귀여운 입으로 마구 불만을 쏟아낸다.

"있잖아요, 외할아버지. 글쎄 제이홉 오빠가 군대에 간다지 뭐예요, 방탄소년단 멤버론 작년 말 진 오빠에 이어 두 번째라고요. 그 오빠들을 꼭 군대에 가게 내버려 둬야 해요, 외할아버지? 운동선수는 되고 연예인은 왜 안되는 거죠? 저는 그게 이상하단 말예요. 속상하고요."

외손녀는 거의 울상이다. 아니, 할아버지 입에서 무슨 얘기가 나오느냐에 따라, 외손녀는 엉엉 울어버릴 듯 그 귀여운 얼굴에 시커먼 구름이 잔뜩 몰려 있다.

외할아버지는 곤욕스럽다. 그럴 수밖에 없다. 솔직히 방탄소년단을 잘 모르기 때문이다.

"방탄소년이 뭐 하는 애들이지?"

"참, 외할아버지도…."

외손녀는 기막히다는 듯 눈을 흘긴다. 그리고 그 귀여운 참새 입으로 다시 쫑알댄다.

"세계를 깜짝 놀라게 한 오빠들 아녜요!"

"세계를? 그것도 깜짝 놀라게?"

"아이 답답해. 온 세상 사람들이 다 아는 오빠들을 왜 외할아버지는 모르지…."

외손녀는 더 무슨 얘기를 할까 망설이는 눈치다.

"할아빈 옛날 사람 아니냐. 요즘 일은 잘 모른다만, 묵은김치처럼 옛날 일은…."

"묵은김친 저도 좋아한다고요, 외할아버지."

"그 은은하고 깊은 맛이라니."

"근데 외할아버지. 묵은김치와 방탄소년단 오빠들과는 무슨 관계죠?"

"걔들이 뭐 하는 애들이지?"

"가수들이잖아요. 노래하는 보컬리스트, 아티스트들…."

"딴따라네."

원더풀 딴따라 155

"딴따라요? 그게 무슨 뜻이죠, 외할아버지?"

"할아비 때는 다 그렇게 불렀지. 방탄소년단처럼 가수라든가 배우, 무용수, 코미디언, 악기연주자 등 연예계에 종사하는 이들을 다 그렇게 딴따라고들 했어. 요즘은 아티스트라고 한다고?"

"엔터테인먼트에 종사하는 스타들이죠."

"그 옛날 딴따라들도 인기가 대단했었지. 정작 딴따라들은 자기들을 그렇게 부르는 걸 마뜩잖게 여겼지만."

"딴따라를 딴따라고 하는데 왜 마뜩잖죠?"

"낮잡아 여기는 걸로 들린 거지."

"우러러 안 보고 낮잡아 봤다고요?"

할아비는 잠시 머뭇거린다. 연예계, 예능계를 대하는 사람들의 인식이 요즘은 그 전과 달라도 너무 달랐기 때문이다.

"옛날엔 그토록 연예인들을 업신여겼다고요? 왜 그처럼 낮잡아 보고 업신여긴 거죠, 외할아버지?"

할아비는 다시 난감하다. 몇 마디로 딴따라를 왜 낮잡아 본 건지 그 까닭을, 연유를 설명하기 간단치 않아서다.

외손녀의 다급한 재촉에도 불구하고 할아버지는 계속 머뭇댄다. 어떻게 얘기해줘야 할까, 머리를 굴리고 있는데 때마침 밖에 나간 어미가 들어온다. 어미는 거실 소파에서 할아버지 곁에 매달린 공주를 보고 깜짝 놀란다.

"너, 왜 그처럼 할아버지를 귀찮게 구는 거니?"

"귀찮게 구는 거 아냐, 엄마. 딴따라에게 딴따라라고 부르는데 왜 딴따라들이 그 말을 싫어하는지, 그걸 알고 싶었단 말예요."

하지만 어미의 눈에는 여전히 딸애가 할아버지를 귀찮게 하는 걸로 비친 듯하다. 입술이 한 자나 내민 딸애를 제 방으로 들여보낸 어미는 친정아버지에게 걱정스러운 얼굴로 말한다.

"뭐 불편한 거 없으세요, 아빠?"

"불편하긴. 고 녀석 땜에 잠시나마 즐거웠었어."

"성가신 게 아니시고요?"

"모처럼 사람다운 대접을 받았는데 왜 성가서."

"설마요."

"아냐, 정말이다. 하루 내내 말 걸어오는 사람 없는 게 얼마나 외로운지 어미는 모를 거다."

어미는 더 토를 달지 못한다. 친정아버지의 적적함이 얼마나 크다는 걸 모르는 바 아니기 때문이다.

딸이 시골집에 홀로 사는 친정아버지를 모시고 온 것도 딴은 그랬다. 그 적적함을 더는 보고만 있을 수 없었다. 시름시름 앓던 친정어머니가 돌아가신 뒤 덩그렁 빈집을 지키고 있을 친정아버지를 생각하면 딸은 한시도 마음이 놓이지 않았다.

아이들 아빠도 친정아버지를 서울로 모셔 오는 것에 어느 정도 수긍했다. 처음 사위는 친구분도 없는 서울로 장인을 모셔 오면 더 적적하지 않을까, 걱정이었다.

하지만 서울서 직장을 다니다 퇴직하고 낙향한 아버지였다. 오히려 서울에 살아있는 친구분들이 더 많다는 애 엄마의 말을 들은 애 아빠는 더 반대할 이유가 없었다.

처음 친정아버지는 서울로 올라오는 걸 극구 사양했다. 노년을 유유자적悠悠自適 할 양으로 낙향했거늘, 어찌 또 그 생존경쟁의 용광로로 기어들까 싶었다,

무엇보다 어미의 회유가 끈덕졌다. 다시 돌아간 고향 또한 쓸쓸했고. 오랜 기간 떨어져 지낸 고향인지라 불쑥불쑥 타향 같은 생각도 들었다. 더구나 알만한 어릴 적 불알친구들마저 거의 하늘로 가고 없는 텅 빈 고향. 죽을 때까지 적막강산을 씹고 살 바에는 차라리 어미의 제안을 못 이긴 채 받아들이는 게 현명할 것 같았다.

서울은 아직 살아있는 대학 동기, 같은 직장을 다니다 은퇴한 동료가 더러 있었다. 못 이긴 채 어미가 끄는 대로 따라나선 친정아비의 머리에 어느새 유유자적한 고향이 깡그리 지워지고, 새삼스레 그리운 서울, 사람의 숨결이 팔딱거리는 서울의 거리가 눈앞에 펼쳐졌다. 파노라마처럼.

서울 딸네 집은 네 식구가 사는 아파트치고는 제법 널따랐다. 갓 고교에 들어간 아들과 여중 2년생 딸 남매가 각각 방 하나씩을 차지해 있고, 딸 내외가 거처하는 안방 말고도 두 개의 방이 더

딸려 있었다. 하나는 아비의 서재를 겸한 방인 듯싶고, 자그만 현관 앞 빈방이 바로 할아비가 거처할 방이었다.

서울로 온 뒤 이틀간 할아비는 그냥 집에서만 지냈다. 아침 일찍 아이들이 등교하고, 사위가 출근한 뒤 친정아버지의 점심 밥상까지 차려 둔 어미도 외출하면 저녁때가 다 돼서 집으로 돌아오곤 했다.

할아비는 아무도 없는 집 거실에서 TV를 보며 시간을 죽이는 게 다였다. 그렇듯 편한 마음은 아니지만, 시골집보다는 덜 적적했다. 언제든 서울에 있는 지인들을 만날 수 있다는 가능성 때문인지 몰랐다. 미처 소식을 알리고 통화할 시간은 갖지 못했지만, 언제든 연락하면 반길 지인들이라 믿었다. 하지만 할아비는 새로 삶의 터전이 된 딸네 집과 친숙해지는 게 더 먼저라고 생각했다.

여중 2년생 외손녀는 오후 서너 시쯤이면 집에 들이닥쳤다. 할아비가 거실에 있건 말건 외손녀는 살짝 고개를 숙일 뿐 말 한마디 건넨 법 없이 쏜살같이 제 방으로 들어가 버렸다.

할아비는 직감적으로 손자 손녀와도 대화가 그리 쉽지 않을 것 같다고 짐작했다. 일부러 말 붙이는 번거로움보다 아이들 스스로 마음을 열고 말을 걸어올 때까지 기다리기로 마음먹었다. 편한 마음으로 TV를 보면서.

한데 외손녀가 그렇듯 말을 쉽게 걸어오리란 건 뜻밖이었다. 방탄소년단 누군가가 군에 입대하고 누군가가 또 입대하는지, 할아비가 궁금해할 턱이 없었다. 하지만 할아비의 마음은 그게 아니었다. 모처럼 외손녀가 걸어온 말이었다. 어떻게든 할아비는 그 기회를 놓치고 싶지 않았다. 그걸 기화로 할아비는 가족과의 유대도 좀 더 넓혀가야 한다고 생각했다.

이튿날도 외손녀는 오후 그 시간에 에누리 없이 돌아왔다. 거실에서 TV를 보고 있는 할아비가 눈에 띄자 어제와는 사뭇 달라진 눈빛으로 인사부터 했다.
"학교 다녀왔습니다, 할아버지!"
으레 할아버지 앞에 붙는 '외'자도 빼버린 외손녀는 제 방으로 들어갈 생각은 안 하고 할아비의 옆에 바짝 붙어 앉더니, 또다시 방탄소년단 얘기를 들먹였다. 어제 못다 한 얘기를 마저 할 듯이.
"근데 있잖아요, 할아버지. 지민 오빠 혼자서 부른 노래가 *빌보드 차트 1위로 올랐다지 뭐예요!"
"지민 오빠가 누구지?"
"BTS, 방탄소년단 멤버지 누군 누구예요."
"방탄소년단이 함께 부른 노래가 빌보드 차트 1위로 오른 적도 있지 않니?"
"맞아요. 2018년인가에 '다이너마이트'란 노래가 1위에 올라 세계뿐 아니라 우리나라에서도 떠들썩했었죠, 아마."
"할아비도 뉴스에서 언뜻 본 것 같구나. 그 경제적 효과가 최

소 1조 7천억 원을 훨씬 넘을 거라고 했던 것 같은데….〞

〝군입대 문제로 단체활동이 중단된 상태에서 지민 오빠의 싱글곡 '라이크 크레이지'가 그처럼 뜨리라곤 상상 못했어요, 할아버지.〞

〝빌보드 차드인지 뭔지에 오른 우리나라 딴따라가 세계 제일이라는 걸 여지없이 보여준 거구나. 안 그러니, 공주야?〞

〝근데 할아버지. 낮잡아, 업신여긴다는 딴따라를 왜 자꾸만 BTS 오빠들에게 갖다 붙이는 거죠?〞

〝그 말이 얼마나 정겨운 말이냐. 세계에서 두루 쓰는 말들을 우리 말처럼 사용하는 게 나쁠 건 없지만, 우리가 옛날부터 흔히 쓰던 말도 잘 다듬어 자주 쓰면 얼마나 좋을까 싶어서야. 우리 공주도 친구들을 만나면 딴따라가 얼마나 정겨운 말인가고 한번 써 먹어 보렴. '지민 오빠는 솔로 딴따라야'라고.〞

외손녀는 그 말뜻을 알듯 말듯 눈만 깜박거릴 뿐 더 입을 뻥끗하지 않는다.

할아비는 생각한다. 딴따라라는 말뿐이 아니다. 뽕짝이란 말도 그렇다. 고유한 우리네의 말, 서민들이 흔히 써온 말들을 제쳐두고 굳이 외래어일뿐더러 부르스, 왈츠, 탱고 같은 댄스곡 명칭인 트로트란 말을 고집하는지, 나름 불만이 이만저만 아니다. 왜 정겨운 우리 말을 외면하고 생소하고 이치에도 안 맞은 남의 말, 외래어들을 마구잡이로 쓰는 걸까.

할아비가 알기로는 뽕짝도 트로트란 말과 함께 비슷한 시기에 에부터 써온 것 같다. 돌이켜 보건대 그 역사는 자그마치 1920년대로 거슬러 올라간다. 우리네 대중가요, 이른바 트로트·뽕짝으로 정착된 게 1930년대 중반이란다.

다분히 일본 엔카[戀歌]의 영향을 받았다고도 한다. 일본 고유의 가락에 서양의 댄스곡 4/4박자 폭스트로트fox-trot 리듬을 갖다 붙여 간드러진 대중가요로 탄생시킨 엔카. 일제강점기다 보니 자연스럽게 우리의 고유한 가락과도 어울려 우리 나름의 대중가요 뽕작으로 거듭 태어났다고들 보고 있다.

트로트는 영어로 '빠르게 걷다' '바쁜 걸음으로 뛰다' 등의 뜻이다. 연주용어로 굳어진 건 1914년 이후 미국과 영국 등에서란다. 템포의 래그타임lagtime곡曲이나 재즈 템포 4/4박자 곡으로 추는 사교댄스의 스텝 또는 그 연주 리듬을 일컫는 폭스트로트가 유행하면서부터라고들 한다.

하지만 오늘날 서양에서 트로트는 사교댄스곡로만 남아있을 뿐 연주용어로도 쓰지 않고 있다지 뭐냐. 그런데도 우리는 트로트를 우리 대중가요의 고유명사처럼 버젓이 쓰고 유행시키고 있으니, 이 얼마나 낯 간지러운 일인가 말이냐.

하물며 작곡가 등 관계자들 사이에서 써오던 우리네 전통가요를, 매스컴에서 굳세게 써온 터에 굳어버린 '트로트'란 명칭 대신, 쿵짝쿵짝 쿵짝짝 4/4 박자의 그 소리대로 우리 말 '뽕짝', 아니면

'대중가요'라 불러주는 게 훨씬 친숙하게 들린다는 건 한물간 꼰대만의 바람일까.

"무슨 생각에 그렇게 빠져있죠, 할아버지?"

외손녀는 할아버지의 침묵을 더 이상 보고만 있지 않을 듯하다.

"아쉬움 때문이야."

"뭐가 그렇게 아쉬우세요, 할아버지?"

"감칠맛 나는 우리말을 놔두고 왜 그리 외래어에 빠져있을까…."

"트렌드 아닐까요, 할아버지. 물이 썩지 않으려면 흘러야 한다면서요."

"그래. 공주의 말이 백번 옳다. 암, 썩지 않으려면 물은 흘러야지."

할아비는 공주 얼굴을 다시 본다. 공주의 얼굴에서 새삼 우리나라의 환한 앞날이 보인다면 지나친 기대일까.

"근데 할아버지. 딴따라를 왜 낮잡아 불렀는지는 말 안 해 줬다고요. 저번 엄마가 갑자기 들이닥치는 바람에."

"허 참, 그랬구나…."

"엄마가 얄미울 때가 많아요."

어미 얘기는 꿀꺽, 못 들은 척한 할아비는 딴따라를 낮잡아 불렀던 연유를 아는 대로 씨부렁댄다.

"그게 말이다, 공주야. 아주 옛날부터 그런 풍속이 뿌리 깊었었나 봐. 사람들 앞에서 춤추고 노래하는 놀이패, 광대들을 천민으로 여겼던 풍습이. 그런 일에 종사하는 사람들 또한 대부분 신분이 낮거나 가난하고 못 배운 점도 한몫했을 것 같아. 새 세상이 열렸지만, 그런 풍습이 계속 이어온 까닭도 그 인기에 비해 높이 우러러볼 정도의 부富와 선망羨望의 대상이 아녔던 점도 크게 작용했을 거야, 공주야."

잠시 말을 멈춘 할아비는 힐끗 공주를 쳐다본다. 턱을 괴고 듣는 얼굴이 그다지 밝지 않다. 할아비는 금세 눈치챈다. 예부터 연예인을 낮잡아 보아온 게 공주의 심기를 불편하게 했을 거라고.

웃음을 머금은 할아비는 기침이 나오는 걸 꿀꺽한 뒤 다시 말을 잇는다.

"근데 지금은 어떻지, 공주야? 아직도 연예인을 낮잡아 보고 있을까? '나는 딴따라다'고 당당하게 앞장선 JYB 엔터테이먼트 박진영, '강남스타일'로 세계를 열광시킨 싸이, 온 세계를 홀라당 뒤집어 놓은 방탄소년단 등 K-팝 아이돌이 아직도 사회적으로 낮잡아 보이고 있을까. 딴따라를 낮잡아 보던 풍습은 이제 추억으로나 남게 된 거 같잖니, 공주야."

"이제 더 이상 딴따라라고 괄시받지 않은 세상이 활짝 열렸단 얘긴가요, 할아버지!"

공주의 얼굴은 아까와 달리 활짝 피었다. 만개한 꽃봉오리처럼. 묘한 흥분을 감추지 못한 할아비도 뭐가 그리 뿌듯한지 연신 코를 널름댔다. 할아비는 언뜻, 간밤에 인터넷으로 국내외의 엔터테인먼트를 검색했던 게 백번 잘한 거 같다는 생각이 머리를 스치고 지났다.

서울 딸네 집으로 올라온지도 어느새 일주일이 후닥닥 지났다. 틈만 있으면 뜻하지 않은 외손녀와 주고받는, 정겨운 대화 때문인지 하루하루가 지루하지 않았다. 그 바람에 서울에 있는 지인들과의 전화 통화는 물론, 여태껏 어떤 지인과도 만날 약속을 잡지 못했다. 왜 그리 외손녀의 하교만을 손꼽아 기다려지는지 몰랐다.
"집에만 계시니 지루하시죠, 아빠?"
보다 못한 어미가 어느 날, 아비에게 바람도 쐬고 맛있는 음식도 사 먹고 들어오라며 봉투 하나를 건넨다.
"왜, 내가 집에만 있으니 보기 안 좋으냐?"
"얼마나 지루할까 해서죠."
"아냐, 하나도 적적하지 않단다."
"눈치 보지 마세요, 아빠. 혹시 걔가 귀찮게 구는 건 아니죠?"
"공주 말이냐?"
"걔는 말 받아주면 한도 끝도 없어요. 어떻게 반죽이 좋던지 못 말린다고요. 말 받아주면 껌딱지처럼 딱 달라붙어 보통 수다

원더풀 딴따라 165

를 떠는 게 아니라니까요."

"난 즐겁기만 한걸. 오히려 그 녀석이 학교에서 돌아오는 시간이 은근히 기다려지던데."

"그래요?"

뜻밖이라는 듯 어미는 화들짝 놀란다.

"염려할 거 없다. 오히려 그 녀석으로부터 새로운 정보를 얻기도 하고 그러니까."

어미는 더 이상 뒷말 없이 주방으로 들어간다. 점심때가 됐는지라 보나 마나 아비의 점심을 챙겨주려는 게 분명하다.

할아비는 시골집에서 덩그렁 혼자 지낼 때가 생각났다. 하루하루가 지옥 같았다. 곁에 아무도 없다는 게, 누구와도 말을 주고받을 수 없다는 게 왜 그처럼 견딜 수 없었는지 몰랐다. 차라리 죽는 게 훨씬 나으리란 생각을 하루에 골백번도 더 했다.

그래, 마누라를 따라 하늘나라로 가자, 이렇듯 외로움으로 앓느니 죽지, 결심을 굳히고 약국으로 달려간 적도 있었다. 하지만 뭘 찾으시죠? 약사가 엉거주춤하는 할아비를 보고 묻자 할아비는 그만 슬그머니 꽁무니를 빼고 약국을 빠져나와 버렸다. 스스로 목숨을 끊는다는 게 그렇듯 쉽지 않다는 것만 확인했을 뿐이었다.

죽지도 못하는 따분한 인생을 어찌하오리까, 전전긍긍하고 있을 때 서울 딸이 시골집에 들이닥쳤다. 다짜고짜 아빠, 짐 챙기세요, 우격다짐으로 아비를 이처럼 서울로 끌어다 놓았다.

엉겁결에 따라나서기는 했지만, 할아비는 못마땅했다. 솔직히 불쾌하기도 했다. 얹혀 지내는 것도 싫지만, 불문곡직 끌려온 게 여간 자존심이 상하지 않았다. 게다가 사위며 외손자, 외손녀와 새삼스레 어울려 지낸다는 게 왜 그처럼 부담스러운지 몰랐다.

처음 며칠 동안은 꿔다놓은 보릿자루나 다름없었다. 어떻게든 핑계를 만들어 다시 시골로 내려갈까, 궁리에 골몰하고 있던 어느 날, 뜻하지 않게 외손녀와 말문을 텄다. 그 뒤부터였다. 할아비의 마음이 180도로 바뀐 건.

할아비는 오후 서너 시가 되기 무섭게 외손녀의 하교가 기다려졌다. 누구를 기다린다는 게 그처럼 즐겁고 가슴 두근거리는 건지 몰랐다. 일찍이 할아비가 그렇듯 누구를 기다려본 일이 있었던가.

아비에게 점심을 차려준 뒤 어미는 곧 외출했다. 거실 소파에 퍼져 TV를 보고 있는 할아비는 바깥 인기척에 잔뜩 신경을 곤두세웠다. 외손녀가 돌아오는 발자국이 언제 들리나 싶어서였다.

얼마나 지났을까.
"할아버지, 저 왔어요."
깜짝 놀라 눈을 뜬다. 언제 왔는지 귀여운 공주가 헤헤거리고 웃고 있다.

"그새, 할아비가 깜빡 졸았던 게로구나."

"TV를 보고 계신 줄 알았어요. 얼마나 TV가 재밌기에 제가 들어오는 것도 모르시나 싶었죠."

"아니, 할아빈 네가 오는 걸 손꼽아 기다리고 있었어."

"제가 오기를요!"

"그럼. 우리 귀여운 공주가 오늘은 어떤 재밌는 얘기를 물어올까 해서지."

"제 얘기가 그렇게 재밌어요, 할아버지?"

"할아비가 전혀 모르는 세계 아니냐."

"그래요?!"

순간, 외손녀는 놀라움과 감동이 뒤섞인 묘한 표정을 얼굴 가득히 담았다. 그리고 드디어 그 귀여운 입으로 새로운 소식을 전하러 할아비 곁에 바짝 붙어 앉았다.

"있잖아요, 할아버지. 요즘 세계에서 가장 잘나가는 걸그룹이 누군지 아세요?"

"알 턱 없지, 우리 공주가 가르쳐주지 않는 한."

"블랙핑크라는 4인조 걸그룹 있잖아요, 할아버지."

"블랙핑크? 가만있자, 얼마 전 2030년 부산 엑스포 유치홍보를 위해 대한항공기에 옷을 입힌 바로 그 아가씨들 아니냐?"

"맞아요. 근데 그걸 어떻게 아셨죠, 할아버지?"

"TV 뉴스에서 봤지. 부산 엑스포 유치에 어디 이 할아비만 관심이 있을까. 부산 시민들은 말할 거 없고, 우리나라 국민이면 누구나 관심 가지고 있을걸.”

"국민 모두까지요?”

"그렇지. 우리 모두의 행사고말고. 그 경제적 효과도 만만찮을 거야. 우리나라 출신으로 세계적 아이돌 걸그룹을 앞세운 것도 다 그런 깊은 뜻이 있잖을까.”

"세계에서 블랙핑크가 보통 떴어야 말이죠.”

"그처럼 유명하냐?”

"그럼요. 빌보드 차트에 우리나라 걸그룹이 톱에 오른 게 처음일 뿐 아니라 세계에서도 두 번째라던가 그래요. 심지어 싱글로도 모두 세계 정상급으로 활동 중이거든요.”

"군 입영 등으로 그룹 활동이 뜸한 방탄소년단의 빈자리를 메운 셈인가.”

"그 오빠들도 각자 곡을 발표하고 빌보드 차트 싱글에 이름을 올리는 등 개인 활동으로 여전히 세계 팬으로부터 사랑받고 있다고요, 할아버지.”

"딴따라 만만세구나.”

"참, 할아버지. 딴따라는 말, 애들이 굉장히 재밌어하던데요.”

"그래?”

할아비는 뜻밖이란 듯 귀가 번쩍 띄었다. 외손녀는 뒤미처 물었다.

"근데 할아버지. 그 재밌는 '딴따라'를 왜 그동안 써오지 않았는지를 애들이 물었지만 대답할 수 없었어요. 할아버지가 얘기한 거 깜박했거든요."

"저런…."

할아비는 외손녀가 안쓰러운 듯 혀를 찬다. 그리고 내심 의기양양해한다. 기회는 이때다 싶다. 날아갈 듯 가벼워진 마음으로 할아비는 온라인 등으로 알아둔 딴따라에 대해 지체하지 않고 설명을 늘어놓는다.

"그게 말이지, 딴따라라는 말이 어떻게 생겼느냐면 말이지, 엉뚱하게도 관악기 소리를 나타내는 영어 의성어擬聲語 tantara, 참 공주는 '의성어'가 무슨 뜻인진 알고 있니?"

"사람이나 사물의 소리를 흉내 내는 말, 그런 뜻 아닌가요, 할아버지!"

"맞아. 우리 공주를 너무 얕잡아 봤구나, 이 할아비가."

"국어가 늘 100점인 거 모르셨어요, 할아버지?"

"그래? 네 엄마도 대학서 국문과 전공이었지."

"아빠도 독서광이었다고 자랑이던데요."

"무서운 핏줄이구나. 참 얘기가 딴 데로 새버렸지만, 하여간 그렇게 생긴 딴따라라는 말은 6·25로 주둔한 미군을 통해 한국에도 퍼졌다고 해. 그 무렵부터 우리나라 신문 지상에 '딴따라조調 유행가', '딴따라풍風 유행가'라고 적은 걸 보면 1960년대부터 자연스레 음악 등 그런 일에 종사하는 사람을 딴따라라고 불러온 것 같아. 지루하지 않냐, 공주야?"

"아뇨. 재밌어요, 할아버지."

그때, 밖에 나갔던 어미가 들어왔다. 딸애가 할아버지 곁에 바짝 붙어있는 걸 본 어미의 눈길에 가시가 돋쳤다.

"알았어요, 엄마."

어느새 외손녀는 부리나케 제 방으로 들어가 버렸다.

"어미야. 애들 너무 공부 공부하지 마라. 공부라는 거, 너희 때도 그렇지만 지가 하려 해야 하는 거 아니냐."

"걔 잔머리는 못 말린다고요, 아빠."

"잔머리라고?"

"댄스가수가 되겠다고 저 야단 아녜요."

"댄스가수가 되고 싶어 한다고…."

할아비는 중얼댈 뿐 더 입을 열지 않았다. 언뜻 할아비가 보기는 우리 공주보다 어미가 더 문제인 듯싶었다. 꼰대 중 왕 꼰대랄 할아비도 요즘 애들의 열정을 어느 만큼 헤아렸다. 하물며 바로 윗대 부모가 시대의 변화에 그렇듯 무감각하다니 쯧쯧, 혀를 찬 할아비는 '엄마가 미울 때가 많아요'하던 공주의 말뜻을 그제야 어렴풋이 알아차렸다.

방으로 들어간 할아비는 곰곰이 생각했다. 공주와 어미의 얼굴이 번갈아 떠올랐다 스러졌다. 그럴 때마다 할아비는 고개를 좌우로 세차게 흔들며 무슨 말인가 뇌까렸다. 좀처럼 직성이 풀리지 않았다.

얼마를 그러고 있던 할아비는 주섬주섬 가방을 챙겼다. 더 이상 딸네 집에 머물 수 없다고 생각했다. 귀여운 공주의 꿈과 열정이 어미에게 무참히 꺾어버리는 걸 어떻게 옆에서 본단 말이냐. 보다 못한 할아비가 공주 편을 들다가는 보나 마나 어미와의 관계가 소원해질 테고, 집안 분위기도 묘하게 뒤틀릴 게 불을 보듯 뻔했다.

'어미야, 급히 집에 내려간다. 꼭 처리할 일을 깜박했구나. 일을 처리한 대로 연락하마. 아비가.'

애매모호한 쪽지를 남긴 할아비는 이튿날 이른 새벽, 몰래 딸네 집을 빠져나왔다. 새벽 바깥공기가 그렇게 청량할 줄 몰랐다. 딸네 집에서 느낀, 쉽게 접근할 수 없는 벽이 와장창 무너지는 기분이었다.

시골로 내려가는 버스에 흔들리면서 할아비는 혼자 살았을 때처럼 외토리라는 생각이 들지 않았다. 공주와 딴따라 얘기를 주고받다 보니 멀게만 생각되던 세상이 가깝게 느껴졌다. 세계를 들뜨게 한 딴따라가 할아비의 마음도 흔들어 놓은 게 분명했다.

할아비는 외롭지 않았다. 할아비는 속으로 외쳤다. '원더풀! 딴따라'.

*빌보드 차트 : 미국의 음악 잡지 'billboard'에서 매주 '싱글'과 '앨범'의 인기순위를 합산, 발표하는 차트. 음악 순위 관련 차트 중 세계에서 가장 강력한 대중성과 공신력, 권위를 인정받고 있다.

2부

그 여배우, 겉과 속

그 여배우가 막 녹화를 끝내고 나오자 기다렸다는 듯 모여 있던 기자들이 벌 떼처럼 그녀를 에워쌌다. 그리고 여기저기, 벌처럼 쏘아대는 질문이 그 여배우의 정신을 무참히 흔들어 놓았다.
기자도 거기 끼어 있었다.
－쇼 PD와 동거한다는 소문이 사실인가요?
－그 동거 쇼 PD는 유부남이라던데?
－동거를 한 게 언제부터죠?
－쇼 프로 MC로 발탁된 것도 내연관계 때문인가요?
－결혼할 생각이라도?
그 여배우가 듣기에 따라 어처구니없는 질문들은 끝이 보이지 않았다. 장본인의 대답일랑 아예 기대할 필요가 없다는 듯 떠돈 소문을 기성 사실로 몰아가는 분위기였다.

"엄마야!"

그때였다. 여배우의 입에서 울음이 터져버린 게. 한 번 터진 울음은 기자들의 공세만큼이나 끝이 안 보였다. 아예 땅바닥에 덥썩 퍼져버린 여배우는 대성통곡이라도 불사할 듯 터져버린 울음을 쉽게 거둬들이지 않았다. 그 예쁜 얼굴을 잔뜩 우그러뜨린 채 여배우라는 체모 같은 것도 관심 밖이라는 듯.

오히려 당황스러운 건 기자들이었다. 혹 떼려다 혹 하나를 더 붙인 꼴이랄까. 나중에는 좀처럼 울음을 그치지 않은 여배우를 위로, 수습한답시고 취재 같은 건 어느샌가 뒷전으로 밀려 버렸다.

얼마나 지났을까. 그렇듯 아우성치던 기자들이 하나둘 밀물처럼 빠져나갔다. 하지만 기자는 멀찌감치 떨어져 여배우의 동태를 계속 지켜보고 있었다. 울음을 그친 여배우는 흘깃흘깃 주위를 휘둘러보더니

"딱정벌레들, 다들 물러갔냐?"

조심스럽게 옆에 있던 로드매니저인 듯싶은 여자에게 묻는 것 같았다. 그렇다고 고개를 끄덕이자 여배우는 언제 그랬냐는 듯 금세 그 예쁜 얼굴에 환한 미소가 다시 번졌다. 그것을 지켜본 주위의 연기자들은 들릴 듯 말 듯

"어머머, 쟤, 연기가 보통 아니네. 카메라 앞에선 뻣뻣한 맥주병 주제에."

하곤 입을 비죽거렸다.

정윤정. 그 예쁜 얼굴 덕에 혜성처럼 떠오른 슈퍼노바[超新星]인 건 분명했다. 하지만 다른 연기자의 비아냥거림처럼 연기력이 뻣뻣한 '맥주병'인 건 빈말이 아니었다. 연기가 뻣뻣한 걸 '작대기'라고도 그랬다.

연기란 사람들이나 카메라 앞에서 하는 액션이다. 장면과 대사에 딱 들어맞는 동작, 표정을 어떻게 하고 짓느냐에 따라 연기력을 평가받는다. 한데 정윤정은 얼굴뿐이라지 않은가.

정윤정이 동료 연기자의 비아냥거림, 의구심을 받는 건 빼어난 미모와 달리 연기가 맥주병, 작대기처럼 뻣뻣한 것 때문만은 아니다. 도무지 그 출신 성분이 불분명하기 때문이다. 어느 날 갑자기 땅에서 솟았거나 하늘에서 떨어진 것도 아닌데 슈퍼노바라니, 의혹이 번지지 않은 게 오히려 이상하다.

연기자의 출발은 거의 예정된 코스가 있다. 가장 화려하게 등장하는 경우가 공개콘테스트, 그리고 각 TV 방송사에서 시행하는 공채를 통해 연기자의 꿈을 키운다.

연극배우로 활동하다 발탁되기도 한다. 대학 또는 연기학원에서 연기수련을 쌓은 뒤 뒤늦게 감독 또는 연출자의 눈에 띄어 특채되는 케이스도 없지 않다. 하여튼 쥐꼬리만 하니 뭔가 비벼댈 그럴 만한 언덕, 족보라는 게 있어야 그나마 뒷말을 줄일 수 있다.

정윤정도 쥐꼬리 같은 언덕이 전혀 없는 건 아니다. 그런 광고가 있었는지 아는 사람은 드물지만, 조그만 상품이라도 광고모델을 한 건 사실이다. 다만 그럴 듯 미미한 광고모델을 예사로 넘기지 않고 발탁한 예의 쇼 PD의 혜안을 높이 사야 할 판이랄까.

정윤정의 희미한 족보 탓인지 소문은 자못 흉흉했다. 장안의 유명한 요정으로 알려진 ㅊㅇㄱ의 호스티스 출신이었다든가, 어느 재벌의 애첩으로 이미 아이까지 낳았다는 얘기까지, 알게 모르게 연기자들 입을 통해 TV 방송국 안팎에 파다하게 퍼져 있었다. 기자들이 구미가 당기지 않을 리 있었을까. 기자인들 예외일 리 없었다.

기자의 관심은 쇼 PD와의 관계에 머물러 있지 않았다. 요정의 호스티스, 진짜 아이를 낳은 일이 있는지, 정윤정의 과거 추적에 솔직히 더 눈이 벌게져 있었다.

정윤정의 성장은 눈부시게 나아갔다. 무엇보다 그녀의 성장을 예고한 건 영화, 이른바 스크린 진출이다. 앞에서 밝힌 바처럼 영화산업은 60년대의 전성기는 아니지만, 몇몇 젊고 패기 넘치는 영화감독의 열정이 그 명맥을 이어가고 있었다. 통제적 유신 체재에도 불구하고 뭔가 일궈가려는 노력이 눈물겨울 정도였다.

정윤정의 영화진출도 그런 의욕 넘치는 젊은 감독에 의해 이뤄진다. 더구나 그 감독은 종전의 스토리텔링을 지향하고 영상을 통해 승부를 보려는, 한때 프랑스의 영화 운동 누벨바그New Wave에 심취된 소위 영상지향파 감독이다.

감독은 정윤정의 얼굴에서 기발한 캐릭터를 이미지업 한다. 바로 백치미白痴美다. 그 곱고 예쁜 얼굴을 하루아침에 바보천치로 만들다니, 미친 감독이 아니고서는 도저히 상상할 수 없는 착상이 아닌가. 미인의 얼굴을 백치미로 영상화하려는 감독의 작의가 기자인 내 눈에도 환히 들여다보였다.

감독은 결코 속내를 털어놓지는 않았다. 하지만 기자의 눈은 감독의 작의를 어느 정도 알아차렸다. 정윤정은 그 예쁜 얼굴에 비해 연기력이 미진하다는 걸 감독이 모를 까닭이 없었다. 정윤정의 미모를 은근슬쩍 백치미로 커버, 부족한 연기를 카메라의 유희로 영상화하려는 의도가 분명해 보였다.

작품 내용도 그럴듯하다. 문명의 혜택이라고는 전혀 모르는 순박한 산골 처녀가 정윤정이 맡은 역할이다. 어느 날 심산유곡 개울에서 목욕하는 산골 처녀를, 산행 중에 길을 잃은 젊은이가 본의 아니게 목격한 데서 이야기는 출발한다. 얼핏, 그 옛날 전래해온 '나무꾼과 선녀'가 연상되는 현대판 러브스토리다.

대번에 상상이 잡힌다. 원시적인 카메라 앵글을, 순박하다 못해 백치미가 감도는 미모에다 실오라기 하나 걸치지 않은 신비스러운 피지컬, 그 어찌 감미롭지 않을 리 있을까.

게다가 정윤정의 몸매는 사내의 품에 폭 안길 만큼 조그맣고

아담했다. 글래머라곤 볼 수 없지만, 목욕탕에서 같이 목욕을 한 선배 탤런트의 귀띔에 따르면 까무잡잡하고 탱탱한 피부의 그 조합이 눈부셨다지 않은가.

비록 연기력은 맥주병이라지만 내밀한 정윤정의 몸매를 영상파 감독이 그냥 지나칠 까닭이 없었다. 검열에 걸리지 않을 만큼 은근슬쩍, 신비의 여체를 카메라에 담았다. 곧 '백치미 정윤정'의 캐릭터가 주목받게 된 배경이다. 신비의 여체까지 곁들였으니 뜨는 건 시간문제. 대번에 정윤정은 여배우 가뭄으로 허덕이는 영화와 TV에서 슈퍼노바, 뉴스타로 발돋움하게 이른다.

그랬다. 영화에서는 TV처럼 대사 처리, 연기가 그다지 까다롭지 않았다. 대사를 주고받는 장면도 감독의 세세한 콘티와 카메라 앵글로 그럴듯하게 부족한 연기를 커버해줄 수 있었다. 어차피 영화는 영상예술이라지 않은가.

정윤정이 뜨면 뜰수록 기자의 마음도 그만큼 조급해진다. 유명해질수록 숨겨진 비밀을 까발리는 게 그만큼 파급효과가 크기 때문이다. 유명한 요정의 호스티스 출신이라는 것도 가볍게 넘길 일은 아니다. 그보다 아이를 낳은 일이 있다는 거. 아이 아버지가 유명재벌이라는 게 훨씬 더 기자의 구미를 당길 법하지 않은가.

하지만 재벌에게 접근하는 건 거의 하늘의 별따기다. 하물며 연예기자이랴. 우선 발뺌할 수 없는 꼬투리, 정윤정이 애를 낳은 정황을 찾아야 하는데 그건 모래밭에서 바늘을 찾는 것만큼이나 너무 막연하다.

매일 밤 기자는 술집을 찾았다. 쉽사리 묘안이 떠오르지 않기 때문이다. 기자뿐이랴. 기자라면 거의 다 그렇다. 뭔가 노리는 게 잘 안 풀리면 술 추념으로 자신의 무능을 위로하기 마련이다.

묘안이 떠오른 건 술집이 아니었다. 술에 취해 잠에 곯아떨어진 잠자리, 새벽녘의 꿈결에서였다. 꿈속에 기자는 공중목욕탕에 있었다. 실오라기 하나 걸치지 않은 알몸이지만, 누구 하나 노출을 꺼리거나 부끄러워하지 않은 공중목욕탕.

"바로 그 거야!" 기자는 냅다 고함을 지른다. 얼마나 그 고함이 우렁찼는지 옆에 곤히 자고 있던 아내가 벌떡 일어날 만큼.

"웬 잠꼬대가 그리 거칠어요?"

아내의 불평이 이만저만이 아닐 수밖에. 그 바람에 잠을 깬 기자는 방금 꿈속 공중탕에서 본 발가벗은 사람들의 몸뚱어리를 눈앞에 사열한다. 순간, 쾌재를 부르며 잠자리를 박차고 일어난다. 아내의 눈이 더욱 둥그레지며 수심이 가득하다.

아내는 평소 남편 기자의 못 말리는, 돌발행동을 자주 보아온 터다. 아침 밥상머리에서 밥을 먹다 말고 갑자기 숟갈을 내동댕이치고 뛰어나간 게 어디 한두 번인가.

"여보, 아무리 급해도 먹던 밥은 마저 먹고 가야죠?"

아내의 걱정일랑 씨알도 안 먹혔다. 기자는 뒤도 안 돌아보고 줄행랑을 치기 일쑤였다.

기자의 생각은 딴 게 아니다. 정윤정이 아이를 낳은 지의 여부를 알아보는 방법을 그 옛날 어머니들이 마을 아주머니들과 했던 말에서 힌트를 찾아낸 거다. 곧 애를 낳은 여자의 복부는 살짝 잔금이 가 있다, 는 얘기를 말이다.

어느 날, 기자는 탤런트실을 기웃대다 수다를 떨다 말고 기자를 보자 힐긋, 손까지 들어 반갑게 아는 채 한 중견여자 탤런트의 눈과 마주쳤다. 기자는 얼른 그 연기자에게 눈짓으로 밖으로 나오라는 신호를 보낸다. 순간, 묘안 하나가 잽싸게 기자의 손에 잡힌 때문이다.

쏜살같이 달려 나온 여자 탤런트는 기자의 얼굴을 뚫어지듯 쳐다본다. '기자 양반, 뭐가 알고 싶으시지?' 그런 눈빛으로. 그만큼 그녀는 탤런트들의 온갖 걸 다 꿰는 입방아로 소문 자자한 인물임을 스스로 자부하듯.

"커피, 좋아해요?"

"오브 코스! 기자 양반이 사는 커피는 무슨 맛일까."

그녀의 센스가 보통은 넘는다.

"쓴맛!"

기자는 그녀의 말에 관심을 가진 듯 스스럼없이 말을 받는다.

"아니, 무미일 걸."

"건조하기까진 않고?"

"기자 분 치고 유머가 제법이네요."
"그럼 갑시다, 커피숍으로. 나머지 유머는 커피를 마시며!"
"오케이!"
여자 탤런트도 기다렸다는 듯 선뜻 앞질러 가는 기자를 따라 나섰다.
기자는 방송사를 나서자 곧바로 지나가는 택시를 불러 세운다.
"택시는 왜?"
그녀가 어리둥절하자 기자는 대뜸
"이왕이면 법석대는 근처보다 분위기 있는 데로 가서 마시는 게 좋지 않을까!."
하고 얼른 여자 탤런트를 택시 뒷자리로 밀어 넣고 기자도 뒤미처 잽싸게 옆자리에 올라탄다.
"별난 기자 같아요. 기자가 그처럼 왕자처럼 구는 건 처음 봐요. 무슨 속사정이 있긴 있는 거죠?"
그녀는 커피숍에 가서 자리에 앉자 대뜸 묻는다.
"그래요. 이유가 전혀 없는 건 아네요."
기자는 속셈을 들여다보인 것처럼 좀 당황하지만
"우선 목부터 축이고 본론으로 들어가도 되잖을까."
하고 슬그머니 그녀의 눈치를 살핀다.
"그러죠, 뭐. 기자의 속셈이 아리송하지만, 왠지 거부감이 느

꺼지지 않네요. 전 커피. 블랙으로 시켜주세요."

제법 재치도 있어 보이는 여자 탤런트. 그럴 듯 예쁜 얼굴은 아니지만, 그 재치로 보아 연기도 곧잘 할 듯싶은데 맨날 단역만 하고 있다는 게 이상할 정도다.

나중에 어느 조연출을 붙들고 그녀에 관한 얘기를 듣고 그 의문은 곧 풀렸다.

"곧잘 연기를 잘할 듯싶어 제법 굵직한 역할의 대본을 안겼더니, 아 글쎄, 카메라가 다가서자 그만 입, 얼굴이 굳어져 버리지 뭐예요. 그런 그녀에게 어떻게 큰 역할을 맡길 수 있겠느냐 그 말입니다."

그래서 조연출은 그 중견 탤런트를 '장외여우場外女優'라고 부른다던가. 프레임 밖에서는 여우 같은 여배우라는 뜻으로.

잠시 뒤 커피가 배달된다. 찐한 블랙커피다. 깊이 커피 한 모금을 들이마신 기자는 비로소 본론의 운을 뗀다.

"정윤정이란 여배우에 대해 뭐 아는 거 없어요?"

단도직입으로 일단 알고 싶은 여배우의 이름부터 넌지시 입에 올린다. 그녀도 망설임이 없다.

"요즘 제일 잘 나가는 여배우 아닌가요. 연기력은 좀 그렇지만. 예쁘기로는 김지미 선배 다음으로 쳐주는 여자 탤런트 겸 신인 여배우. 설마 저에게 그걸 다시 한번 확인하고 싶은 건 아니시죠?"

"맞아요. 그 여배우의 주변 설화가 넘치고 넘친 것 같던데?"
"믿거나 말거나 한 얘기들이 많겠죠. 불확실한 과거의 행적, 너무 예쁜데다 확 뜨다 보니 나도는 풍문들이 아닐까요."
"어느 재벌 영감의 애까지 낳았다는 얘기도 나돌던데?"
"역시 미확인 설화죠, 뭐."
"확인할 길이 없을까?"
"무슨 수로. 본인이 털어놓거나 그 사실을 아는 사람이 들어대기 전에는."
"그걸 한번 확인해 보자, 그거지."
"무슨 수로…."
"내게 수가 있긴 있는데, 협조 좀 안 해 줄래요?"
"수가 있긴 있다고요?"
"정윤정과 가까운 편이죠?"
"조금은. 속내를 얘기할 정도는."
"그럼, 정윤정과 목욕을 같이 할 수도 있겠네?"
"그렇지 않아도 걔는 사우나에 갈 때마다 혼자 가기 뭐해선지 꼭 날 불러 같이 가곤 해요."

기자는 속으로 쾌재를 외친다. 그리고 다급하게 또 묻는다.

"정윤정의 몸에 대해서도 잘 알겠네?"
"몸도 예뻐요. 군더더기 하나 없이 잘 빠졌죠."
"복부도?"

"아이 낳은 흔적, 전혀 안 보인다니까요."
잠시 머뭇대던 그녀는
"역시 그것 때문이었군요. 저한테 아부한 게!"
비로소 짐작이 간 듯 살짝 눈을 흘기곤 말을 잇는다.
"겉보기는 말끔했어요. 기자님의 호의를 보아 이 담 개와 사우나에 같이 갈 땐 원하는 대로 다시 한번 자세히 살펴봐 드릴게요."
의외로 그녀는 서글서글하고 화통했다.
하지만 회심의 미소를 머금고 건 기대는 여지없이 무너졌다.
"멀쩡해요. 글쎄, 튼 자욱하나 없이 정윤정의 배는 말끔할뿐더러 아름답기만 하지 뭐예요."
다시 만난 그녀의 입은 오히려 침이 마르도록 정윤정에 대한 극찬만 쏟아 내놓기 바빴다. 기자의 실망은 실로 망망대해를 마주하고 있는 거나 진배없었다.
기자의 실망은 곧 양심을 들쑤신다. 기자도 별수 없이 남의 불행이 나의 행복이라는 속설에 현혹된 속물에 불과하다는 것. 아무리 날고 기는 기자라지만 인기를 먹고 사는 여배우의 흠결이나 파헤치는 게 과연 사람으로서 할 노릇인가, 가책 같은 게 뱀 대가리처럼 바짝 머리를 치켜 든다.
팬들, 독자들에게 희락喜樂을 줄 수 있는 기사보다 스캔들 같은 것에 더 연연해야 하는지, 잠시 잠깐 자신의 직업에 대한 회의로 심한 갈등에 빠져들고 만다.

직업이라고 치부해버리면 그만이다. 하고 많은 직업 중 왜 하필 기자냐? 묻는다면 결코 대답할 말이 없는 건 아니다. 신문사에 원서접수를 하러 갈 때 분명 기자는 '사회정의를 위해'라고 거창한 포부를 가졌던 기억이 아직도 새롭기 때문이다.

사회정의… 기자는 자기도 모르게 피식 웃는다. 자조임이 분명하다. 사회정의가 뭔 놈의 개뼈다귀냐. 연예 기자 주제에 그 알량한 사회적 사명감, 진실 추구 같은 게 뭐 그리 대수일까. 인기 연예인의 사생활이나 캐고 스캔들이나 터뜨리는 게 과연 사회정의와 진실 추구에 걸맞은 짓거리인가 싶었다.

'야, 인마. 그것도 대중의 알 권리를 위한 거지 뭐냐!' 마음 한 구석에서 냅다 기자의 따귀를 후려갈긴다. 알 권리, 알 권리, 알 권리… 기자는 계속 중얼거리다 말고 그만 머리를 감싸고 아, 비명을 내지르고 만다. 머리가 돌아버릴 것만 같기 때문이다.

기자는 곧 내 친 걸음이라는 걸 깨닫는다. 데스크에게 꿩 대신 닭이라도 내놓아야 할 상황이 아닌가. 기자는 일단 정윤정에게 전화를 건다. 그러나 수화기를 통해 흘러나온 목소리는 정윤정 본인이 아니다.

"정윤정 양 좀 바꿔줄래요."

"어디, 누구라고 전할까요?"

"스포츠연예신문 장기동 기자."

"아, 네…."

잠시 뒤 정윤정의 밝은 목소리.

"전화 바꿨어요. 장 기자님. 오랜만이네요. 또 짓궂은 뜬소문이 궁금해서 전화 건 건 아니죠?"

"아니, 잘 못 짚었어요. 이번엔 순수한 인터뷰일 뿐이야, 참말이라고. 시간만 좀 내주면 돼요, 오늘 당장도 좋고,"

"쇠뿔도 단김에 빼겠다 뭐 그건가요. 그럼 지금, 저의 집으로 오세요. 카메라 기자님도 함께예요? 화장할 시간이 필요해서죠."

"인터뷰하고 있는 동안 올 거니까 서둘지 않아도 돼요."

기자는 짐짓 정윤정에게 여유를 주고 싶었다. 어차피 꿩 대신 닭이다. 인터뷰는 핑계일 뿐이고, 뭔가 잘 안 풀린 기분으로 누군가 붙들고 엉엉 울고 싶은 심정으로 찾아가는 거 아닌가. 그냥 잡담이나 하고 올 양으로 기자는 처음부터 카메라맨은 부를 생각도 안 했다.

언뜻, 기자는 예의 그 중견여자 탤런트, 장외여우가 들려준 말이 생각났다. 정윤정 걔 말예요, 고코로(こころ)기질이 있어요, 착해서 그런지 눈치코치 없이 불쑥, 안 해도 될 말도 해버릴 때가 많다니까요, 그만치 인간미가 있는 애라고요. 요즘 따라 말은 안 하고 있지만, 뭔가 수심이 깊은 느낌이 들어요, 하던 말이 새삼 귀에 쟁쟁거린다.

'고코로'는 일본말로 '마음'이란 뜻이다. 일제강점기부터 연예계에 내려온 속어로 순진, 어수룩한 사람을 일컬어 흔히 우리 연예계서 쓰여 오고 있다. 하루속히 털어내야 할 일제 잔재이지만.
　순간 '뭔가 수심이 깊다'는 장외여우의 말이 다시 귀에 앵앵거린다. 하지만 기자는 곧 설레설레 고개를 저었다. 잠시나마 기자가 아닌 보통 사람으로 돌아가고 싶어 하지 않았던가. 자나 깨나 기자 근성을 못 버리는 자신에게 쯧쯧, 혀를 내두른다.

　여배우의 집에 도착했다. 여배우의 집은 의외로 화려하지 않았다. 그냥 보통 집이었다. 현관문을 들어서도 이 집이 그렇듯 인기 있는 여배우의 집인가, 의문이 들 만큼 어느 구석에도 화려한 여배우의 냄새를 맡을 수 없었다.
　"어서 오세요, 강 기자님."
　현관문 앞에 서 있던 정윤정이 갈색 치와와를 가슴에 안고 기자를 맞았다.
　"어, 화장도 안 했네?"
　기자는 여배우의 얼굴을 본 순간, 다소 놀란다. 화장 안 한 여배우의 쌩얼을 본 게 처음이었기 때문이다.
　"구차했어요. 찍고 바르는 게. 오늘은 아예 쌩얼을 카메라 앞에 내던지고 싶었죠."
　"…."
　할 말을 잃은 기자는 넋을 빠뜨린 채 정윤정의 얼굴에서 눈길을 떼지 못한다. 화장을 안 한 여배우의 얼굴이 그처럼 다정하게 다가올 수 없어서다.

"오늘은 왜 그러죠. 만사가 귀찮아요. 강 기자님을 붙들고 엉엉 울고 싶어질 만치."

기자는 금세 심상찮은 분위기를 감지한다. 분명 여배우의 신변에 장외여우의 말처럼 뭔가 중대 변화가 일고 있다는 예감 같은 게 번득인다. 그렇지 않고야 눈곱만치의 속내도 보이지 말아야 할 기자 앞에서 그처럼 서슴없이 자신을 들어내 놓는다는 건 누가 봐도 예삿일이 아니다.

"울고 싶을 때 참는 건 병 되기 쉽지. 그래, 울고 싶음, 실컷 터뜨려 봐요. 울음보를. 사실 나도 종전까지 누군가 붙들고 엉엉 울고 싶었던 참이었어요. 왤까? 동병상련同病相憐이 느껴져서일까? 우리 함께 실컷 울어볼까요!"

"아뇨. 저는 한가하게 울음이나 터뜨릴 그런 상황이 아닌걸요."

"왜, 무슨 일이?"

"내일 아침이면 장안의 모든 신문방송에 요란하게 나갈 거예요. '톱스타 정윤정, 재벌 2세와 간통죄로 쇠고랑을 차다'고 말예요."

"농담치곤 너무 심한 거 아닌가?"

"아뇨. 농담 아네요."

"…."

말문이 막힌 기자는 기절하듯 놀란다. 긴박하게 돌아가는 이 사태를 어떻게 받아들일지 막막하다. 금세 기자는 멍멍함을 즐길 시간적 여유가 없음을 인식한다. 오줌 마려운 강아지가 그럴까. 기자의 엉덩이는 어쩔 줄을 모르고 들썩거렸다.

정윤정은 의외로 침착하다. 기자의 다급한 긴박감일랑 관심 밖인 듯. 다가올 시련을 결코 외면할 자세가 아니다.

"간통죄(2015년 폐지)로 쇠고랑을 찰 저의 심정, 이해할 수 있겠어요, 강 기자님?"

"이해는 다음이야. 나는 기자이니까. 우선 취재부터 해야 할 기자 신분이니까."

"그 기자, 기자라는 입장 좀, 잠깐이라도 벗어던질 수 없어요, 제발."

정윤정의 침착한 쌩얼에 금세 먹구름이 밀어닥친다. 외로움 같은 게 그 곱고 예쁜 쌩얼에 좍 퍼진다.

"간통죄로 몰렸다면 사귄 남자는 유부남?"

기자는 다급하다. 정윤정의 외로움 같은 걸 눈여겨 봐줄 시간 여유가 없다. 기자인 이상 한 건 해야 한다.

"그것도 몰락해가는 재벌 2세?"

"대책이 없구먼, 정윤정이란 여배우…."

"눈먼 사랑이라고 해도 상관 없을까."

"앞으로 어쩔 셈인데?"

기자는 염치, 체면 불구하고 마구 질문을 쏟아냈다.

"다 버리기로 했어요. 강 기자님을 스스럼없이 만나는 것도 저의 진심을 속 시원하게 털어놓고 싶어서였는데…."

"그 결심, 움직일 수없이 확고한 거, 맞아요?"

"저 지금, 연기하고 있는 거 아니라고요, 기자님."

"도무지 믿어지지 않아서. 어떻게 해서 여기까지 왔는데?"

"왜, 송두리째 버리려 드느냐 그건가요? 진심을 위해선 그보다 더한 것도 버릴 수 있어요, 지금의 저로선."

"후회하지 않을까?"

"지금 당장은. 이다음 후회가 되더라도 그건 그때 문제죠."

기자는 더 이상 정윤정의 마음을 떠볼 필요가 없다는 것을 깨닫는다. 사랑이라는 게 뭐길래, 그처럼 사람을 180도 바꿔놓은 걸까. 기자는 그 사랑이라는 것에 오싹 몸서리가 쳐졌다.

기자는 더 이상 망설일 까닭이 없었다. 정윤정의 확고한 결심을 읽은 이상 빨리 회사로 돌아가 간통죄에 몰린 정윤정의 진심, 사랑을 기사화하는 게 급했다. 그 거역할 수 없는 여배우의 사랑, 그건 기자에게도 적잖은 혼란을 가져왔지만, 한편으로는 용기, 감동으로 받아들여진 것 또한 어쩔 수 없었다. 순식간에 닭이 꿩으로 둔갑하는 중차대한 순간이 아닌가.

정윤정은 누가 뭐래도 톱스타로 우뚝 설 여배우다. 모든 명예와 부를, 헌신짝처럼 미련 없이 내던진다는 게 어디 아무나 할 일인가. 더구나 그 유부남은 빈털터리가 될 날이 머지않은 재벌 2세란다. 이유야 어쨌든 그 용기에 혀를 내두르지 않을 사람이 있을까.

참말이다. 기자는 정윤정의 집을 나서면서 작성할 기사의 윤곽을 미리 머리에 그려본다. 바로 '용기와 감동'이 주제다. 보나마나 데스크는 여배우의 '용기'는 몰라도 기자의 '감동'에는 사정없이 빨간 줄을 그어댈 게 뻔하다.

정윤정은 겉보기와 달리 결코 속 빈 강정이 아니다. 기자는 회사로 가는 택시에 흔들리면서 어수룩해 보이던 정윤정이 의외로 알알이 차 있는 속을 본다. 예의 장외여우가 들려 준 얘기가 떠올랐다.

"그 계집애 말예요, 아주 맹랑한 구석이 있어요. 신인 시절, 유명한 감독에게 캐스팅돼서 교육을 받던 중 번번이 제 시간을 지키지 않은 감독에게 배울 게 없다며 캐스팅을 스스로 보이콧 한 사건이 있었죠. 그게 어디 신인배우로서 할 수 있는 일예요. 그 계집애가 글쎄 그처럼 엉뚱한 데가 있다니까요."

하지만 기자는 택시가 회사에 가까울수록 초조하기만 하다. 아무래도 여배우에 대한 인간적 감동이 데스크의 레드 라인을 넘기가 그리 녹록지 않을 거 같아서다.

회사 문을 밀치면서 기자는 무심코 하늘을 본다. 아까까지 맑던 하늘이 어느새 먹구름으로 잔뜩 찌푸려져 있다. 곧 한줄기 소나기라도 쏟아질 것처럼. 의외로 닭 대신 꿩을 낚았지만, 기자의 발걸음은 결코 가벼울 수 없었다.

그 여배우, 불륜과 혼약

여배우 김홍연이 간통죄(2015년 폐지)로 고소당했다. 연예·스포츠 신문은 말할 것 없고, 종합 일간지까지 일제히 인기 여배우의 간통 사건을 떠들썩하게 대서특필했다.

김홍연 주연의 연속극을 내보내던 TV 방송국도 발칵 뒤집혔다. 시청률 경쟁에서 모처럼 라이벌 TV를 앞지른 연속극이었지만, 간통죄로 철창에 갇힌 그녀를 계속 여주인공으로 내보낼 수는 없었다. 빗발치는 여론에 쫓긴 방송국은 잽싸게 주인공을 대타자로 갈아 끼운 한편, 사과문을 내고 보란 듯이 김홍연을 TV 방송사 내의 모든 활동을 무기한 정지시키는 가혹한 후속 조치까지 단행했다.

고소당하자 동거남과 함께 철창 신세가 된 그녀는 다행히 이틀 만에 풀려났다. 동거남의 부인이 소를 취하했기 때문이다. 그

새 고소인은 변호사를 통해 바람난 남편과의 원만한 합의가 이뤄진 것 같았다.

간통죄는 어차피 친고죄. 이혼을 전제로 한 이상 고소인과의 만족할만한 위자료 등 합의금이 해결되면 소가 취하되기 마련이다. 구속도 그래서 쉽게 풀린 건지 모른다. 어쨌든 그것으로 여배우와 밴드 마스터의 불륜은 막을 내린다. 명예는 실추됐지만, 그들은 이제 떳떳한 사이로 남의 눈치를 살피지 않아도 된 셈이다.

하지만 김홍연의 모든 활동은 정지된 상태다. 오직 하늘의 별을 닮고파 앞만 보고 달려온 그녀는 싫든 좋든 망망대해를 표류하는 신세로 세월아 네월아, 나날을 힘겹게 죽이는 딱한 신세가 되고 만 거다.

어느 날, 막연한 앞날을 곱씹고 있을 김홍연의 집에 기자는 예고 없이 들이닥친다. 핑계는 그렇다. 모든 활동이 정지된 그녀의 참담한 심정을 인터뷰하기 위한 것.

하지만 기자는 내심 그녀의 물오른 연기가 중단된 게 안타까웠다. 남의 일처럼 여겨지지 않았다. 어떻게 하면 꽉 막힌 길을 터줄 수 없을까, 솔직히 그 점을 염두에 둔 방문이었다. 허심탄회한 얘기를 통해 그녀에게 넌지시 한 가지 방법을 제안해 보고 싶었다.

기자가 알기로는 영화 쪽은 방송국과 달리 인기배우의 사생활이 그렇듯 큰 영향이 미치지 않는다. TV 드라마에서는 매일 밤, 싫든 좋든 출연 배우의 얼굴을 대한다. 하지만 영화는 달랐다. 촬영이 끝나고, 극장에 부쳐질 때까지 출연 배우를 볼 일이 거의 없다. 다만 촬영 소식, 출연 배우들의 가십 정도가 신문잡지 등 매스컴을 통해서만 알려질 뿐이다. 자주 눈에 띄지 않으면 인기인의 동정, 간통과 불륜 등의 화제도 금세 사람들의 뇌리에서 스러져 버리기 때문이다.

 그 점을 이용해 보자는 게 기자의 속셈이랄까. 김홍연은 장기간 손 놓고 있기에는 너무 아까운 연기자다. 하늘이 무너져도 솟아날 구멍이 있는 법. 그 솟아날 구멍을 기자는 영화 쪽에서 찾아 주고 싶었다. 과연 기자가 배우의 그런 것까지 챙기고 걱정해야 하는지, 스스로 생각해도 웃기는 건 틀림없다. 아무리 오지랖이 넓기로니 말이다. 배우가 되고 싶었던 꿈의 찌꺼기가 아직도 기자의 가슴 어딘가에서 뛰고 있기 때문은 아닐까.

 정작 만나본 그녀의 표정은 예상 밖으로 밝다. 퇴출당한 배우 치고는 너무도 태연하다. 애써 태연한 척 한 지는 모르지만, 폭풍을 겪은 사람 같지 않게 차분히 가라앉은 모습으로 김홍연은 기자를 맞았다.

 "그 친구, 안 보이네?"

 "아침 일찍 나갔어요. 지방공연이 잦거든요."

 그 친구는 바로 동거남이다. 아니, 지금은 떳떳한 지아비랄까.

트럼펫 연주자인 그는 캄보밴드의 마스터로 지방행사에 많이 불려 나가는 편이란다.

"앞으로 어떡할 거지?"

"별 수 없잖아요? 손가락만 빨밖에."

"영화 쪽, 노크해 보고 싶은 생각 없어요?"

"영화 쪽? 그쪽이라고 별 수 있겠어요? 간통녀로 낙인찍힌 여배우를 출연시켜 관객을 끌어모을 수 있겠냐고요? 게다가 그 전, 몇군데 영화 쪽에서 온 러브콜을 죄 퇴짜 놓잖았느냐고요. 무슨 낯짝으로 그쪽을 넘보죠? 제 딴엔 TV에서 좀 더 몸집을 키운 뒤 영화에 나갈 생각이었지만, 벼룩도 낯짝이 있지…."

"기회가 주어지면 나갈 순 있어요?"

"그 기회가 과연 제게…."

여전히 김홍연은 믿기지 않은 듯 심드렁하다. 하지만 순간, 기자는 그녀의 눈빛에서 예사롭지 않은 불꽃이 스치는 걸 보았다.

반신반의이긴 하지만 어느 정도 그녀의 의지를 믿은 기자는 뭘 더 뜸 들일 필요가 있을까, 얼른 자리를 털고 일어섰다. 그리고 온다간다는 말도 없이 급히 그녀의 집을 빠져나왔다.

기자는 되풀이하건대 연극배우가 되고픈 꿈을 접고 기자가 되었다. 때문인지 연기의 집념을 보면 못 말린다. 누구든 물불 가리지 않고 도우려 든다. 김홍연에 대한 것도 그렇다. 어떻게든 연기의 불꽃이 멈추지 않고 타오르게 하고 싶은 거다. 그 미모에다 타고난 끼의 날개가 꺾기는 걸 보고만 있을 수 없는 거다. 못 말리는 기자의 고집일시 분명하다.

아니, 단순한 고집만으로 김홍연에 대해 남다른 관심을 기울인 건 아니다. 언젠가 기자는 그녀를 인터뷰하다 뜻밖의 탤런트들의 부도덕한 사실을 듣는다. 그게 세상에 알려지면 보나 마나 TV 방송가가 발칵 뒤집힐 뿐 아니라, 누구보다 먼저 발설자부터 다치는 게 불을 보듯 뻔하다. 불구하고 그녀가 그런 내용을 거침없이 털어놓는 저의는 뭘까? 그것도 기자 앞에서 말이다.

하지만 기자는 그 저의를 의심하기 전, 되려 그녀의 솔직성과 대담성에 슬그머니 끌리고 만다. 여느 여배우에게서는 좀처럼 볼 수 없는 아우라이지 않는가. 기자이기 전 한 인간으로서 그녀를 지키고 싶은 보호본능이 어느 순간, 살무사처럼 바짝 머리를 들었다.

일단, 세상에 알려지면 발칵 뒤집힐 탤런트들의 부도덕한 풍속도를 아무렇지 않게 털어놓는 그녀의 고백에 귀 기울여 보자.

"탤런트 세계가 그처럼 개판일 줄 몰랐어요. 여자 탤런트들이 남자 탤런트들의 노리갯감이 되다니, 처음은 놀란 나머지 배우가 될 꿈이고 뭐고 다 팽개치고 고향으로 내려가고 싶었죠. 하지만 배우의 꿈이 뭔지, 그 꿈을 그리 쉽게 단념할 수 없더군요."

"다른 TV 방송사는 어느 정도 체계가 잡혀선지 그런 일이 없다고 들었어요. 하지만 제가 소속돼 있는 방송사는 제일 나중에 개

국한 탓인지 여기저기 흩어져 있는 연기자들이 죄 모여들었죠. 솔직히 어떻게 저런 사람이 배우일까 싶을 연기자들도 끼어있었다니깐요."

"왜 동물의 세계가 그렇잖아요. 서열을 가리기 위해 피투성이 싸움을 벌인다고. 남자 탤런트들도 꼭 그 짝이랄까요. 어느 정도 선후배를 챙기는 듯싶지만, 이해관계가 얽히면 누구랄 것 없이 붙더라고요. 승자라고 뻐기는 그 거들먹거림이라니 차마 눈 뜨고 보아줄 수 없었죠."

"여자 탤런트를 놓고 붙을 경우도 있었죠. 특히 새 여배우가 들어오면 서로 먼저 차지하려는 힘겨루기가 가관이에요. 한바탕 우열을 가리는 결투가 끝나야 조용해진다니까."

"여자 탤런트가 거드름 피우는 남자 탤런트로부터 보호받으려면, 선배 남자 탤런트와 관계를 갖는 것도 하나의 방법이기도 해요. 저도 갓 방송국에 들어갔을 때 공연한 선배와 그렇고 그런 사이가 된 일이 있었죠. 밤 늦게 녹화를 끝내고 집으로 데려다준다는 선배의 승용차를 탔다가 그만…. 오히려 잘 됐다 싶었죠. 그 뒤로 찝쩍댄 남자 탤런트가 없었으니까. 남자들의 세계라는 거, 참 알다가도 모르겠어요."

"그때 저는 깨달은 게 있었어요. 힘 있는 남자를 옆에 두면 누구든 꼬이지 않는다고. 그래야만 맘 놓고 연기자로서 날개를 활짝 펼 수 있다고."

김홍연은 동거 중인 밴드 마스터하고 인연이 된 계기도 들려줬다. 어느 해 여름, C-TV 소속 탤런트들이 서해안 해수욕장으로 바캉스를 떠났다. 거기서 그 잘난 사내들끼리 여자 탤런트를 두고 그냥 지나칠 리 없었단다.

"바닷물이 썰물로 빠져나가는 해거름 때였어요. 서녘의 붉은 노을을 배경 삼아 벌인 석양의 결투라니, 그것도 나를 두고…. 그 결투 결과로 승자가 된 밴드 마스터와 사귀고, 동거까지 하게 된 계기가 됐지만."

"문제는 저에게도 있었죠. 조금도 그게 자존심으로 받아들이지 않은 거예요. 저의 눈앞에는 오직 하나, 출세욕밖에 없었던 것 같아요. 여배우로 우뚝 서기 위해선 그까짓 자존심쯤 대수냐, 가볍게 넘겨버렸던 건지 몰라요."

바로 김홍연으로부터 들은 놀라운 고백들이다. 뻔한 것도 감추려 드는 여느 여배우와 달리 묻지도 않은 얘기까지 그처럼 솔직하게 털어놓은 거다. 뭐가 두려우나 싶게. 남다른 배짱일까? 아니다. 어쩌면 그건 반대로 그만큼 순수, 순진하기 때문은 아닐까.

결국 기자는 김홍연과 밴드 마스터의 불륜은 말할 것 없고, 놀라운 일부 탤런트의 부도덕한 면면도 기사화하지 못한다. 단독기사가 되고도 남을 스캔들인 건 틀림없지만 취재 수첩을 호주머니 깊숙이 숨겨버린다. 터지면 발칵 방송 연예가를 뒤흔들어 놓을 일인데도 불구하고 말이다. 어느새 김홍연에 대한 연민이 기자의 몸에 쫙 펴져 있었기 때문인지 모른다.

　서울 충무로3가 일대의 영화가는 언제나 활기가 넘친다. 낮에는 낮대로, 밤에는 밤대로 영화 종사자들의 발걸음으로 늘 붐빈다.
　퇴계로를 끼고 중부경찰서 앞 큰길 건너부터 다음 블록의 스카라극장을 낀 거리까지가 이른바 영화의 거리다. 애당초 거기에 영화인들이 꼬인 까닭은 그런 것 같다. 대부분의 영화제작사가 거기 아니면 그 근처에 자리 잡고 있기 때문, 자연 영화 관계자들의 발걸음이 잦기 마련이다. 시나리오 작가, 감독과 조감독은 물론이고 촬영, 조명 등의 스태프들, 심지어 지방의 흥행업자까지 문턱이 닳도록 드나들고 있다. 뿐인가. 다른 데서는 쉽게 볼 수 없는 스타들도 수시로 드나드는, 미국의 할리우드와 같은 거리이기도 하다.
　기자는 곧장 스타다방으로 달려간다. 촬영이 없는 날이면 감독, 조감독들이 잘 드나드는 커피숍이다. 혹 아는 감독이라도 만날 수 있을까, 다방 안을 두리번거렸지만, 기자가 아는 감독은 눈에 띄지 않는다. 조감독마저도.
　점심시간 뒤인가. 다방 안은 빈자리가 없으리만치 사람들로 시끌벅적하다. 한쪽 구석에 빈자리가 눈에 띄자 기자는 일단 그 테이블에 가서 앉는다. 뒤미처 따라온 레지가 기자를 빤히 쳐다본다. 뭘 드실 거죠? 라는 얼굴로.

"이상영 감독이 안 보이네?"

주문 대신 기자는 잘 아는 감독 이름을 댄다.

"아침나절 내내 계시다가 웬 예쁜 여자분이 찾아와서 나가셨어요. 점심 하러 나가신 게 아닌가 싶어요."

"곧 나타나겠군. 그럼 그사이, 커피나 마시고 있을까."

구시렁대듯 커피를 시킨 가자는 이 감독이 나타나기를 차분히 기다리기로 마음먹는다.

얼마나 지났을까.

"아니, 이게 누구야. 눈에 불 켜고 수상한 냄새 맡으러 다녀야 할 시간에 기자가 이렇게 한가히 졸고 있어도 되는 건가?"

인기척에 퍼뜩, 기자는 졸음을 털고 눈을 뜬다. 게슴츠레한 이 감독의 얼굴이 내려다보며 웃고 있다. 이쑤시개를 입에 문 풀린 모습에서 낮술을 걸친 게 분명하다. 그의 뒤에 이유 없는 웃음을 날리는 왠 예쁘장한 여자도 눈에 들어온다.

"그새 잠깐 존 모양인가…."

기자는 자세를 고쳐 세운다.

"미스 오는 그냥 가는 게 좋겠어. 기자 양반이 긴히 할 얘기가 있는 거 같아서 말이야."

이 감독은 자리에 앉으려는 여자를 따돌린다. 거추장스럽다는 듯.

"귀찮아 죽겠어, 영화에 내보내달라고 저리도 쫓아다니지만, 깜이 돼야 말이지."

"김홍연은 어때?"

불쑥, 뜬금없이 기자는 김홍연의 이름을 들먹인다.

"얼마 전, 간통쥔지 뭔가로 깜방 다녀온 탤런트?"

"안 되는 쪽보다 되는 쪽 깜으로 머리를 굴려 보는 게 훨씬 행복한 고민이 아닐까?"

"거야…."

"망설일 거 뭐 있어. 고민해보란 거뿐인데?"

"…."

선뜻 말은 안 하지만 이 감독은 꿀꺽, 군침을 삼킨 듯싶더니 이내 서둘러 자리에서 벌떡 일어서며

"그래, 진지하게 고민해봅시다. 일단 제작자와 의논해본 뒤 연락하리다."

알 듯 모를 듯한 말을 남기고 홀연히 다방 문을 밀치고 나가버린다. 순간 기자의 머리에, 하늘이 무너져도 솟아날 구멍이 있다던가, 참담함을 곱씹고 있을 김홍연의 얼굴이 퍼뜩, 스치고 지났다.

이튿날, 회사에 출근해서 막 자리에 앉으려는데 전화벨이 울린다.

"연예붑니다."

"강기동 기자?"

"아, 이상영 감독?"

"오늘 점심때 김홍연을 데려올 수 있어? 제작자가 자기가 좋아하는 여배우라며 위로 점심을 사고 싶다지 뭐야."

"그래, 알았어! 정오에 그 제작사 사장실로 가면 되는 거지?"

"물론. 시간 늦지 말고."

"오케이."

기자는 휘파람이라도 불고 싶었다. 댓바람에 김홍연에게 전화를 걸어 불문곡직, 11시 반까지 충무로 스타다방으로 나오도록 알렸다. 눈치 빠른 그녀는 왜 그리 급히 자기를 불러내는지에 대한 설명이 없음에도, 어느 정도 감을 잡은 듯 갑작스럽게 불러낸 까닭을 묻지 않았다.

김홍연이 약속 시간을 정확하게 맞춰 스타다방에 들어선다. 화장도 없는 얼굴에 깊숙이 눌러 쓴 모자 탓인지, 기자는 언뜻 못 알아본다. 누군가 다가와 아는 체를 해서야 비로소 그녀임을 알아차린다.

"생각보다 해가 빨리 뜰지도 몰라. 영화제작사 사장이 그쪽의 열혈 팬이라더군. 얘기를 듣더니 위로 점심을 사고 싶다지 뭐야. 일단 그 자리에선 영화 얘기는 안 하는 게 좋겠어."

김홍연도 눈치가 빠르다. 대놓고 말은 안 하지만 무척 밝은 표정인 것으로 보아 뭔가 기대하고 있는 게 역력하다.

영화사 사장실에 들어서자 아까부터 기다리고 있은 듯 사장과 이 감독이 지나치리만치 김홍연과 기자를 반갑게 맞는다. 그녀는 사장과 이 감독의 눈과 마주치자 서슴없이 허리를 굽혀 정중하게 인사하는 걸 잊지 않는다.

"초대해줘서 고맙습니다."

"어서 와요. 기다리는 시간이 그처럼 지루한 줄 몰랐다고요."

사장이 반가운 얼굴로 선뜻 손을 내민다. 어떤 여배우 앞에서든 거드름을 피우던 제작자의 모습과는 사뭇 다르다. 진짜 브라운관에서 보고 느낀 친밀감이 그대로 밴 부드러운 눈빛이 사장의 얼굴에 가득하다.

우리는 곧장 근처 일식점으로 자리를 옮긴다. 음식을 다 먹기 전에는 이런저런 얘기가 없던 사장이 후식을 들면서 비로소 입을 연다. 다소 깊은 의중을 솔직히 드러낸 말이다.

"간통죄는 잘 마무리가 됐다고 들었습니다. 그럼 됐지요. 한창 물오른 연기가 중단돼선 안 된다는 이 감독의 의욕을 전폭적으로 지지합니다. 때마침 새로 들어갈 영화가 이 감독의 메가폰으로 캐스팅 중입니다. 그렇지 않아도 나는 내심 브라운관 스타 김홍연 양이 어떨까, 마음먹고 있었는데 이 감독이 느닷없이 김홍연 양을 써야 한다고 저 야단 아닙니까. 영화제작자와 감독이 주연 여배우를 두고 이렇게 마음이 일치한다는 것도 드물 일일 겁니다. 좋습니다. 실망하지 말고 티브이에서처럼 스크린에서도 한껏 날개를 펼쳐봐요. 간통 사건이 좀 걸리지 않은 건 아니지만 이 감독과 여배우의 호흡이 관객의 감동을 어떻게 끌어들이냐에 달린 거 아닐까요. 두 분의 콤비, 기대하고 싶습니다. 진심으로요.”

사장의 긴 얘기에도 불구하고 옆에 앉아 있던 이 감독은 기자보다 훨씬 더 들떠 있다. 무엇보다 주연 여배우에 대한 제작자의 전폭적 지지가 이 감독을 흥분시키고 있는 건 아닐까. 기자의 예감도 다르지 않다.

영화사 사장과 헤어진 뒤에도 이 감독과 김홍연, 기자는 근처 조용한 찻집에서 머리를 맞댄다. 중부경찰서 앞 꽃집 이층의 조용한 전통찻집이다.

"촬영할 시나리오가 내일이면 나와요. 러브씬, 베드씬이 엄청 많은 작품인데, 설마 지금 와서 나 몰라라 나자빠지는 건 아니겠지?”

흥분 탓일까, 존댓말일랑 내팽개친 이 감독은 거친 반말로 김홍연을 몰아친다. 기자가 옆에서 보기도 아슬아슬한 말투지만, 의외로 그녀는 아무렇지 않은 듯 잘 받아넘긴다.

"뒷걸음칠까 봐 겁나세요, 이 감독님. 저도 베드씬이라는 거, 부쩍 호기심이 일거든요. 티브이에선 어림도 없는 장면이잖아요.”

순간, 감동먹은 듯 붕 뜬 얼굴을 한 이 감독이 엄지척한 손을 불쑥, 그녀의 눈앞에 내민다.

그걸 옆에서 지켜본 기자는 미소를 지으며, 김홍연의 물 만난 오리걸음을 본다. 그리고 끼 많은 그녀에게 브라운관이 얼마나 제약 많고 비좁은 무대라는 거 또한 새삼 느낄 수 있었다.

용은 물을 만나야 승천한다던가. 김홍연이 꼭 그 짝이다. 이상영 감독을 만나 간통죄 여파로 위축될 대로 위축된 어깨가 다시 활짝 펼 수 있었으니 말이다. TV에서 퇴출당한 게 오히려 전화위복이 될 만큼.

이미 남자를 터득해서일까. 김홍연은 일일이 감독의 주문 없이도 농염한 베드신을 천연덕스럽게, 엔지NG 한번 안 내고 해치운다. 감독뿐이 아니다. 현장에 있는 모든 스태프도 혀를 내두를 정도로.

"저런 저런, 신인 여배우가?"
"간통죄로 철장 신세도 졌다며?"
"그럼 그렇지. 남자 경험 없이 하기 힘든 장면이잖아."
"어디서 저런 여배우를 주워왔지."
"간통죄로 티비에서 쫓겨난 연기자라나 봐."
"물 만난 용이네."

촬영 현장의 애기를 흘려들은 기자는 꿀꺽, 춤을 삼킨다. 스태프의 놀라움이 그 정도라면 관객동원은 받아놓은 밥상이 아닌가 싶었기 때문이다.

그처럼 농익은 러브신을 과연 남자 경험만으로 해결될 수 있을까? 아니다, 기자는 강하게 고개를 젓는다. 연기의 사실성, 리얼리티 만으로 스크린을 채울 수 있다고 기자는 보지 않는다. 외설을 뛰어넘으려면 실제가 아닌 연기, 바로 연기자의 숨결이 그것을 한 단계 끌어올려야 한다고 생각한 거다.

 김홍연의 연기는 실로 감탄하기에 충분하다. 마지못해 하는 그런 연기가 아니다. 뭔가 나름 계산된 연기랄까. 아무리 정사 장면이라도 그렇다. 강압적인 것과 사랑이 듬뿍 묻은 것과는 그 차원이 다르다. 그 다른 차원의 정사 장면을 어떻게 보아도 새내기 여배우 김홍연이 그렇듯 멋들어지게 해치울 수 있을 줄이야. 외설스럽지 않으면서 언뜻 신화를 주제로 한 고전 누드 명화를 연상할 정도의 힘과 아름다움을 느낀 건 기자 한 사람뿐이었을까.

 '김홍연의 섹스 연기, 간통죄를 뛰어넘다'

 촬영 현장을 다녀온 기자는 서슴없이 간통죄를 상기시킨 선정적 제호를 달고 단독기사를 써서 내보낸다. 간통죄로 TV에서 쫓겨나 조용히 자숙하고 있으리라 여긴 여배우가, 스크린으로 활동 무대를 옮겨 과감하게 노출 연기를 보여준다는 내용의 기사다.

 곧 다른 스포츠·연예 신문들도 그녀의 새 연기 활동을 앞다퉈 취급한다. 뿐인가. 여러 영화사가 앞다투어 그녀의 캐스팅을 두고 입맛을 다신다. 예상을 훨씬 뛰어넘는 반응에 기자도 놀란다.

간통녀의 굴레도 어느새 자연스레 벗게 된다. 따지고 보면 밴드 마스터와의 불륜관계도 전 부인과의 이혼으로 깨끗하게 정리된 상태이지 않은가. 다시 그들의 동거가 시비의 대상으로 부각될 까닭도 있을 턱이 없다. 잡다한 매스컴이 짓궂게 물고 늘어지지 않는 한.

토요일 오후. 막 퇴근을 서두르고 있는데 전화에서 벨이 울린다. 주말인지라 어느새 다른 기자들은 죄 빠져나가고 없는 텅 빈 사무실….
"강 기자님? 저예요, 김홍연."
톡톡 튀는 맑은 목소리가 귀에 익다.
"벌써 퇴근했으면 어쩌나 싶었죠. 미리 전화해 둔다는 게 깜박했어요. 오늘 저녁, 시간 되시죠?"
"아니, 선약이 있는데?"
슬그머니 기자는 장난기가 발동한다. 약속이 있을 리 없다.
"안 돼요, 강 기자님. 죄송하지만 그 약속 취소하세요. 모처럼 시간이 나길레 잡아둔 날이거든요. 오늘은 죽어도 기자님, 놓칠 수 없다고요."
뒤미처 바꾼 전화기에서 밴드 마스터의 간곡한 목소리가 튄다.
"강 기자, 오늘만은 어쩔 수 없어. 우리의 포로가 돼 주면 안 될까?"

그렇게 해서 기자는 저녁, 시내 호텔 커피숍에서 그들과 만난다.

"선약도 깨게 하고 불러낸 이유가 뭐야?"

그들을 만나자 기자는 일부러 볼멘 소리로 투덜댄다.

그런데 그들의 옷차림이 기자의 눈에 예사롭지 않다. 김홍연이 한복을 차려입은 것도 그렇고, 밴드 마스터도 나비 타이를 맨 정장 차림이 그렇다.

"저녁이나 먹자는 거 아녔어?"

"임도 보고 뽕도 따려는 거지, 뭐."

정장한 밴드 마스터가 배시시 웃는다.

"그건 또 뭔 소리야?"

"우리, 오늘 밤 간단히 혼약식婚約式이라도 가질까 해. 형식이긴 하지만 그래야만 떳떳할 수 있을 거 같아서. 호텔 양식점에 홀 하나 빌렸지. 예식은 간단히 끝내고 거기서 저녁 먹자고. 와인, 맥주도 주문해 놨거든. 이차도 갈 수 있어. 기분에 따라 나이트클럽에 가서 밤도 셀 수도 있어."

"미리 얘기해줘야 사진기자라도 대동하고 올 거 아닌가?"

순간, 기자의 입에서 돼지 멱따는 소리가 튀어나온다.

"그럴 줄 알고 미리 귀띔 안 한 거야. 오늘만은 세상의 눈과 귀가 되겠다는 그 기자의 자부심일랑 제발 접어두고, 우리와 허심탄회하게 즐길 수 없을까?"

기자는 더 할 말을 못 한다. 할 말은 많지만, 선뜻 입이 열리지 않는 거다. 온갖 시련을 딛고 이제 새 출발하려는 커플이 아닌가. 더구나 기자는 불륜으로 멍든 그들을 어떻게든 도우려 한 입장이다.

하지만 직업이 기자다. 그게 본분이기도 하고. 물고기가 물을 떠나 살 수 없듯이 기자는 한시도 취재 대상에서 벗어날 수 없다.

기자는 부리나케 화장실을 가는 척 홀을 빠져나온다. 곧바로 서비스실로 가서 책임자인 듯한 사람을 붙들고 사진 촬영을 부탁한다.

"이미 사진 촬영이 예약돼 있는데요."

기자는 할 말을 잃는다. 기자 입장만 앞세운 게 쑥스럽기도 하다. 아니, 인간적일 때 인간적이지 못한 자신이 부끄럽다. 쥐구멍이라도 있으면 들어가고 싶을 만큼.

"사진 촬영, 예약된 거 확인했지? 아무렴 우리가 강 기자의 고마움을 모른 척 지나칠까 봐. 안심하고 오늘 밤 실컷 즐기자고. 제발 그 기자의 긴장 좀 풀고."

밴드 마스터의 의미 있는 웃음에 기자는 더 할 말을 잃고 만다.

그 여배우, 빛과 그림자

"더 생각할 게 뭐가 있습니까. 이팔청춘 춘향春香 역에 딱 들어맞는 후보는 16살, 오미나 양 말고 또 누가 있는 거죠? 오미나 양으로 결정합시다, 우리."

침묵이 흐르는 가운데 불쑥 튀어나온 건 심사위원 중 한 사람인 배우협회 정동욱 회장이었다. 정 회장은 예비심사 때부터 쭉 그랬다. 무슨 까닭인지 줄곧 오미나, 오미나만 들먹였다. 오미나를 들먹일 때마다 그는 후보가 '이팔청춘 16세'이라는 것을 빠뜨리지 않고 강조했다.

또다시 침묵이 흘렀다. 정 회장의 주장이 너무 강력한 탓일까. 선뜻 나서는 심사위원이 없었다.

심사위원은 거의가 영화담당 기자들이었다. 영화평론가, 배우협회 임원도 몇 명 끼어있지만, 숫자로는 기자들에 미치지 못했다. 아무리 영화평론가들, 배우협회 임원들이 모두 오미나를 민다 해도 투표로 결정한다면 마지막 경합을 벌이는 또 한 사람의 후보, 손미희가 유리하다면 더 유리했다. 하지만 심사 기자들 전원이 손미희를 마음에 두고 있다고 어떻게 장담할 수 있을까?

거기까지 생각이 미치자 기자는 자리에서 벌떡 일어났다. 깊이 잠긴 침묵을 깨뜨리고 입을 열었다.

"저는 손미희 양을 적임자로 봅니다. 그 화려함이 오미나 양과는 비교가 안 됩니다. 비록 오 양이 정 회장 말마따나 이팔청춘 춘향과의 연령대가 같다고 칩시다. 하지만 그것 말고 또 뭐가 있는 거죠, 오 양에게?"

잠깐 말을 끊고 가자는 좌중을 훑어본다. 심사 기자들과 평론가들은 모두 호기 어린 표정인 반면, 유독 배우협회 임원들만이 벌레 씹은 모습이 역력했다. 오미나가 아역 출신으로 현역 배우인데다 협회 회원이란 점을 감안한다면 그들이 오미나를 무작정 미는 것도 이해가 되지 않은 건 아니었다.

하지만 영화 '춘향이'의 새 춘향을 뽑는 자리였다. 이왕 뽑을 바엔 역대 춘향과 견줘 손색이 없을뿐더러 개성과 화려함을 지녀야 되는 건 비단 기자만의 생각이었을까.

"여배우란 모름지기 뭔가 물씬 풍겨야 한다고 봅니다. 그게 요즘 흔히 말하는 섹시어필이라 해도 좋습니다. 비록 오양의 나이가 춘향의 나이와 맞아떨어진다고 칩시다. 하지만 오 양이 과연 그런 느낌을 주고 있습니까? 솔직히 순박한 소녀 이미지가 전부이지 않습니까? 그래서….”

그때였다. 배우협회 정 회장이 불쑥 끼어든 것은.

"손미희 양의 얼굴이 여배우 얼굴치고 너무 넓적하다는 건 고려 안 해 봤습니까, 강기동 기자? 그처럼 넓적한 얼굴을 과연 카메라맨이 좋아할까요?"

"손 양의 카메라 페이스를 염려한 건가요, 정 회장님?"

"그렇소. 넓적한 얼굴을 카메라에 담는다는 게 그리 수월하지 않다는 건 강 기자도 잘 알고 있을 텐데요?"

"박호태 감독님!"

기자는 갑자기, 협회장의 말을 의도적으로 무시한 채 '춘향이'의 감독을 큰소리로 찾았다. 이번 콘테스트에서 뽑힌 새 춘향이로 메가폰을 잡게 될 박호태 감독은 심사위원들 옆자리에 앉아 있다가 엉거주춤 자리에서 일어섰다.

기자는 다짜고짜 박 감독을 향해 물었다.

"춘향이를 천진난만한 소녀로 뽑을 건가요? 아님 개성 있고 끼물씬 풍긴 여인으로 뽑을 건가요?"

"당연히 개성, 끼 있는 여인의 이미지라면 더 좋잖겠습니까."

"좀 넓적한 얼굴을 카메라에 담는 게 그렇듯 걸림돌이 됩니까?"

"전혀 안 된다고 볼 순 없겠죠. 하지만 워낙 개성 넘치는 배우라면 그 정도는 얼마든지 카메라 앵글과 조명으로 커버할 수 있는 문제라고 생각됩니다만."

결국 박 감독과 기자와의 대화로 갑론을박은 결판이 나고 말았다. 마지막 진통을 겪고 있는 오미나와 손미희를 두고 벌인 줄다리기는 무기명투표에 따라 판가름하기로 했고, 순진무구한 오미나 보다 개성과 끼 넘치는 손미희가 압도적 표차로 새 춘향이로 뽑힌 것이다.

춘향에 뽑힌다는 건 곧 출세의 지름길이었다. 역대 춘향역의 여배우들이 다 그랬다. 흥행의 재미를 보면 더욱 슈퍼스타로 올라섰다. 조미령과 최은희가 그랬고, 흥행은 저조했지만, 김지미와 홍세미도 춘향역을 맡은 것만으로 주목을 끌었던 건 잘 알려진 얘기였다.

춘향으로 뽑힌 손미희도 예외는 아니었다. 일단은 장래가 보장되는 신데렐라로 각광을 받았다. 그간 TV드라마에서 장래가 불투명했던 신인탤런트 손미희는 치열한 경합을 통해 '춘향이'의 타이틀롤로 뽑힌 그 이유 하나만으로도 새삼 TV 방송사의 특별관리대상으로 분류됐을 뿐 아니라, 스크린의 뉴스타로 우뚝 설 수 있었다.

하지만 선망의 스포트라이트를 받고 출연한 손미희의 '춘향이'는 흥행에 크게 실패했다. 극장으로 관객을 끌어들이지 못한 여배우의 인기도 곤두박질친 건 마찬가지였다. 손미희에게 쏟아졌던 갈채는 바람 빠진 풍선이 돼버렸고, 콘테스트에서 군계일학群鷄一鶴으로 발돋움한 그녀의 존재감도 흥행 실패의 여파로 나락으로 나뒹구는 굴욕을 감수해야 했다.

원래가 TV 탤런트인 손미희의 활동은 자연 TV 드라마로 좁혀졌다. 비록 영화의 부름이나 손짓은 없었지만, 영화 '춘향이'에 선발된 것만으로 TV 드라마에서는 무명에서 일약 주연 탤런트로 빛을 발했다. 얼굴이 다소 커 보이긴 해도 영롱한 눈과 감미로운 입술의 환상적 조합은 여느 신인에게서 볼 수 없는 연기력 등을 업고 금세 영화 쪽 굴욕을 극복하고 너끈히 인기 탤런트의 대열에 끼어들었다.

신인치고 손미희의 연기는 좀 튀었다. 자칫 작위적作爲的 오버 연기가 거부감을 주기 마련이지만, 손미희의 경우는 거꾸로 크게 도움을 줬다. 애교가 물씬 풍기는 손미희의 말투가 오히려 시청자의 흥미와 관심을 끌기에 충분했기 때문이다.

사실 신인에게 대사 외우기가 마음먹은 대로 말랑말랑하지 않았다. 설령 대사 암기를 잘한다손 쳐도 '대사'에 딱 맞아떨어지는 '연기'를 해낸다는 건 보통 힘든 일이 아니었다.

손미희는 신인치고 여간 배짱이 두둑하지 않았다. 카메라가 다가와도 눈 하나 깜짝거리는 법이 없었다. 시침 뚝 떼고 설정된 연기, 연출자가 바라는 역할을 척척 해치웠다. 강심장, 침착하지 않고는 어림없는 뱃심이었다.

한술 더 떠 대사에 트롯의 꺾기처럼 억양의 높낮이도 마음먹은 대로 잘 소화해냈다. 얼핏, 거부감을 줄 수 있는 오버액션임에 틀림없지만, 신인에게는 오히려 그게 PD연출자와 AD조연출자, 시청자의 호감을 사는 구실이 되고도 남았다. 부은 간덩이가 가져다준 극적 효과, 연기의 폭으로 치부되기에 족했다.

손미희는 평소의 말투도 그랬다. 연기를 하듯 말했다. 안녕하세요, 무심코 던질 인사말도 그녀는 잔뜩 오므린 입으로 억양에 박자를 넣고 꺾으며 길게 늘어뜨렸다. 그 작위적인 어투에 소름이 끼친다는 사람도 있지만, 선배들 혹은 시청자 중에는 그 의도적 어법, 오버에 실소와 더불어 엇?! 별난 관심도 보였다. 예쁜 신출내기이기에 더욱 그랬다.

손미희가 선배들로부터 싹수 있는 후배로 대접받는 이유는 또 있었다. 어떻게 보아도 그 어머니의 맹활약 덕이었다. 처음은 그림자처럼 따랐던 여배우 어머니는 딸이 어느 정도 인정을 받게 되자 아예 매니저처럼 전면에 나서기를 주저하지 않았다.

특히 드라마 녹화가 있는 날 점심시간은 어머니의 존재가 돋보였다. 마치 소풍을 나온 듯 여배우 엄마는 바리바리 음식을 싸들고 나타나 PD와 AD 등 스태프, 연기자 선배들과 함께 푸짐한 점심 파티를 벌였다. 거기에 끼지 못한 다른 탤런트들은 선망과 조소가 뒤섞인 시선을 보내기 십상이지만, 배짱 두둑한 손미희와 여배우 엄마가 그따위 시선에 눈 하나 까닥할 리 만무했다. 주위보다 오직 위쪽만 보고 가는 그들 모녀였으니까.

'춘향이' 흥행 부진 후 전혀 영화 쪽에서 외면됐던 손미희에게 느닷없이 손을 내민 감독이 나타났다. 이창호 감독, 연출 능력은 영화계 안팎에서 어느 정도 인정받고 있지만, 흥행과는 그다지 거리가 먼 중견 감독이었다.

그의 감독 작품 '찬란한 아침'은 시나리오도 감독이 직접 썼다. TV드라마에서 손미희의 농익은 연기를 눈여겨보던 이창호 감독은 바로 저거다! 무릎을 치고 시나리오까지 손댔다는 후문이었다.

한마디로 화려한 손미희의 매력에, 이유 있는 남성 편력의 스토리텔링을 입힌 영화 '찬란한 아침'은 자그마치 60여만 관객을 극장으로 끌어들였다. 역대 최대 관객기록이었다고들 떠들어댔다. 하루아침에 손미희의 인기도 하늘 높은 줄 모르고 뛰었다. 인기가 뛰자 그동안 무심코 지나갔던 사실들이 새삼스럽게 스멀스멀 수면 위로 기어올랐다. 그동안 손미희가 거짓으로 밝혀온 유명 여고 졸업자 명단에 그녀의 이름이 없다는 게 다시 들춰졌을뿐더러, 은근히 생부처럼 흘러온 손모 유명 인사와의 관계도 다시 기자들의 호기심을 끌었다. 유명세 같은 건지도 몰랐다.

콘테스트 때부터 남다른 관심을 가져온 기자는 그냥 지나치지 못했다. 기자는 그들 모녀에게 한발 앞서 기자회견을 자청, 변명

같지만 해명할 것을 권유했다. 하지만 일단 콧대가 높아진 손미희였다. 기자의 권유 따위에 귀를 기울일 까닭이 없었다.

"어머니가 알아서 하겠죠, 뭐."

먼 산 보듯 기자의 권유를 대수롭지 않게 받아들였다. 여배우 어머니는 한술 더 떴다. 기자에게 전화까지 걸어와 한껏 거드름을 피웠다.

"그래봤자, 하늘 높이 뛴 미희의 인기가 어디 갈까요?"

돌이켜보면 손모 전 정관의 생부설도 그냥 나온 소문은 아니었다. 여배우 어머니가 의도적으로 은근슬쩍 흘린 말에서 비롯됐다. 언젠가 어느 기자가 여배우 어머니에게 불쑥, 손 양의 아버지에 대해 꼬치꼬치 캐물은 적이 있었다.

"같은 집에 살고 있진 않지만, 유명한 양반이시지…."

무심코 나온 말 같지만, 기자가 보기엔 다분히 일부러 흘린 말 같았다. 기자들의 취재본능을 의식한 듯.

"존함이 어떻게 되죠?"

"이름을 밝히면 안 된다니까…."

"대체 어떤 분이기에?"

기자들도 집요했다.

"아니, 이름을 함부로 대드릴 수 없다니까…."

"그럼, 우리가 알아봐요?"

"아 아니, 기사에 이름을 올리지 않는다면…."

그 여배우 어머니는 보통 고단수가 아니었다. 기자들을 가지고 놀았다. 그제야 슬그머니 못 이긴 채 이름 하나를 입에 올렸다. 그 이름이 바로 손양호, 장관을 역임한 꽤 거물급 인사였다.

여배우 어머니는 딱 부러지게 손 전 장관을 '미희 아버지'라고는 안 했다. 하지만 기자들의 귀에는 그런 뉘앙스로 받아진 게 틀림없었다.

"근데, 왜 같이 안 사는 거죠?"

"…."

여배우 어머니는 대답 대신 푹푹 한숨만 내쉬었다.

아픈 과거를 들쑤시는 것 같았을까. 아니면 그 여배우 어머니의 한숨에 일말의 동정심이 발동했을까. 그때만 해도 손미희의 존재감이 그다지 높지 않았다. 기자들은 더 이상 그 문제를 물고 늘어질 까닭이 없는 듯 슬그머니 지나쳐버리고 말았다.

하지만 의구심을 쉽게 닫아버릴 기자들일까? 아니다. 잠깐 덮어뒀을 뿐 적절한 타이밍이 오면 언제든 불발탄은 터질 게 불을 보듯 뻔했다.

어느 날, 막 출근을 한 기자를 부장이 불러 세웠다.

"요즘 한창 뜨고 있는 손미희에게 뭐 이상한 소문 잡힌 게 없나?"

"아직은 요…?"

기자는 흠칫, 놀라며 힐긋, 부장의 눈치를 살폈다.

"손양호 전 장관 쪽에서 우리 신문 사장실로 의뢰가 들어온 모양이야. 여배우 손미희의 가족관계, 특히 생부에 대해 좀 알아봐 달라고 말이야."

"손미희의 생부를요?"

"그렇다니까. 좀 복잡한 모양인가?"

"자매들만이 어머니와 같이 살고 있는 걸로 알고 있는데요."

"가정사 등 좀 자세히 알아서 보고해. 비밀리에…."

"넵, 비밀리에."

순간, 기지의 머리에 집히는 게 있었다. 언젠가 기자들과 만난 자리에서 여배우 어머니가 입에 올린 바로 손양호 전 장관의 이름. 그때는 같은 성씨이기 때문일 거라고 가볍게 지나쳤지만, 지금 생각해보니 그게 아닌 모양이었다. 어쩌면 그새 여배우 어머니가 손 전 장관 쪽에 의도적으로 접촉을 시도했던 건 아니었을까? 성씨가 같은 유명 인사와의 접근으로 여배우 어머니가 노린 건? 여러 가지 정황이 기자의 머리를 스치고 지났다. 손 전 장관 쪽에서 저렇듯 기겁을 하고 미희의 가족관계를 알아볼 정도라면 필시 무슨 까닭이 있는 게 분명하리라.

사장실의 지엄한 명령(?)이었다. 우물거릴 수 없었다. 부장의 엄호아래 새삼 손미희의 가족관계를 이 잡듯 뒤지기 시작했다. 처음은 좀 막연했지만 집요한 추적 끝에 손미희의 어머니가 6·25 전쟁 때 부산으로 피난 갔던 사실을 알아냈다.

"뭐, 실마리를 찾긴 찾은 거야, 뭐야?"

어느새 열흘이 훌쩍 지났건만, 이렇다 할 보고가 없자 부장은 기자를 불러 얼굴을 우그러뜨리며 채근했다.

"손미희의 어머니가 6·25 때 부산으로 피난을 간 건 알아냈습니다만."

"겨우?"

"일단 부산으로 가보려고요."

"지푸라기라도 잡아보겠다?"

"현재로선…."

기자는 뒤통수를 긁었다.

"그래, 알았어. 일단 지푸라기라도 잡아보라고."

가만히 한숨을 내쉰 부장은 답답한 얼굴을 지우지 않은 채 부산출장을 내락했다. 사장실의 성화가 불을 보듯 뻔한 것을 기자는 대번에 눈치챘다.

기자는 선뜻 부산으로 떠나지 못했다. 무작정 현지에 가서 헤매느니 어느 정도 이곳 서울에서 알아볼 건 알아보고 떠날 참이었다.

서울에서 알아볼 수 있는 건 뻔했다. 손미희의 가족이 그동안 이사 다닌 곳을 뒤지는 것뿐이었다. 이사 다닌 게 열 군데도 더

넘었다. 일일이 그곳을 찾아서 그들 가족이 남겼을 법한 흔적을 이삭 줍듯 뒤져봤지만, 여전히 만족할만한 행적을 찾아낼 수 없었다.

어느 동네를 가던 그들 모녀에 대한 행적은 지나칠 만큼 말끔했다. 이웃들은 한결같이 그들 모녀가 한동네에서 살았던 것조차 모르고 있었다. 무엇 하나 이웃에게 남긴 게 없는 그들 모녀라니….

기자의 허탈감은 너무도 컸다. 남에게 일체의 생활을 엿보이지 않은 그 용의주도함에 절로 혀를 내둘렀다. 기자는 결국 여배우 어머니가 피난 생활을 한 현지를 훑을 수밖에 없다는 것을 깨달았다.

아침 일찍 출발한 부산행 급행열차는 점심 전 부산역에 도착했다. 서울에서처럼 여기저기 기웃거릴 필요는 없었다. 곧바로 주민등록표에 기재된 본적지 동래구청을 찾았다. 구청에서 호적이라도 뒤지면 분명 거기, 뭔가 실마리가 잡히지 않을까 싶었다.

구청에 도착하자 기자는 곧바로 민원 실창구로 갔다. 여직원에게 손미희 모녀의 본적지 주소를 대고 호적열람을 부탁했다. 당시만 해도 호적제도가 폐지(2008년)되기 전이었다. 창구의 여직원은 기자를 조심스럽게 살피며 그 주소지와 어떤 관계인지를 먼저 물었다. 아무에게나 확인해줄 수 없다는 듯.

"기잡니다."

"기자분이시라구요?"

"그렇습니다. 서울서 내려온."

"신분증 좀 부탁해도 되겠습니꺼?"

기자는 말 없이 기자증을 내밀었다. 그래도 의구심이 풀리지 않은 듯 여직원은 신분증을 들고 이석, 계장인지 과장인지 모를 윗선으로 가서 기자 쪽을 힐끗힐끗 쳐다보며 뭐라고 한참을 수군 댔다.

잠시 뒤 여직원은 다시 창구로 돌아왔다. 그리고 아까와 달리 한결 친절해진 말투로 물었다

"아예 호적초본 하나를 떼어 드릴까요?"

"이왕이면 등본으로 떼어주실 수 있을까요?"

초본보다 등본을 훑어봐야 가족관계를 소상히 알 수 있다고 생각한 때문이었다.

잠깐 만에 모든 게 드러났다. 예상했던 대로 호주戶主의 성姓씨가 손미희와 같은 손孫씨였고, 이름은 장진長振으로 곧 여배우의 생부인 게 짐작되고 남았다. 아니. 가족관계에 적시된 자녀의 난에 미희라는 이름이 눈에 띄었다. 눈이 번쩍했다. 미희뿐인가. 재희, 정희, 영희 등 아들로 짐작되는 이름은 보이지 않고, 맨 딸들인 듯싶은 이름만이 순서대로 나열돼 있었다. 자그마치 일곱 명이나 되는 딸 이름들이.

비밀이 손에 잡힌 듯 흥분을 감추지 못한 기자는 떨리는 목소

리로, 얄팍한 미소도 잊지 않은 채 여직원에게 다시 부탁했다.

"미안하지만 호주 손장진 씨가 살고 있는 현주소를 알 순 없을까요?"

여직원은 군말 없이 메모지에 주소 하나를 적어서 넘겼다. 동래구 온천동 다세대 빌라 0동 000호. 여직원에게 그 위치를 다시 한번 구체적으로 확인한 기자는 바람처럼 쌩쌩 날았다. 미리 길 안내를 받았기 때문인지 헤매지 않고 곧바로 손미희의 생부가 살고 있는 듯싶은 집문 앞에서 인기척을 낼 수 있었다.

다세대 빌라는 지은 지 얼마 안 됐는지 깨끗하고 아담했다. 15평 안팎으로 그다지 크지 않았다. 문을 두들기자 70대인 듯싶은 노인이 삐죽, 얼굴을 내밀고 낯선 사람의 방문에 눈이 휘둥그레졌다.

"뉘신지?"

기자는 다짜고짜 손 노인을 밀치고 안으로 들어갔다. 그리고 좀 무례하다 싶을 만치 단정적으로 물었다.

"요즘 잘 나가는 여배우, 손미희 양이 따님인 거 맞는 거죠?"

"…?"

노인은 더욱 눈을 휘둥그레 치뜰 뿐 선뜻 입을 열지 못했다.

기자는 마치 주인인 양 어리둥절한 노인을 자리에 앉히고 찾아온 이유를 차분하게 설명했다.

"훌륭한 따님을 둬서 얼마나 행복하십니까."

"뭣이라? 행복하다고? 고것들이 나를 애비로 여기기나 한 줄 알아? 아 글쎄, 두 번 다시 찾아오지 말라고 문전 박대했던 고것들이 말이여."

기자의 말이 떨어지기 무섭게 기차다는 듯 노기 띈 노인의 목소리가 쩌렁쩌렁, 집안에 울려 퍼졌다.

"딸만 내리 넷을 뒀지 뭐요. 고추 하나 얻을까 싶어 씨앗을 본 게 바로 홀몸으로 피난 내려온 미희 어미였지. 정미소를 해서 그런대로 궁색하지 않은 터에 미용원서 더부살이하는 미희 어미의 처지가 딱하기도 하고, 겸사겸사에서 아예 집에 들앉혔지 뭐요. 작은댁으로 말이요. 아들 하나 얻자는 욕심에서였지만.

헌데 말이요, 그 배에서도 아들은커녕 딸만 내리 셋을 뒀지 뭐요. 어쩌겠소. 내 팔자인걸. 미희는 그 배에서 얻은 둘째였지. 낳을 때부터 남달리 이쁘다 싶더니만 아, 고게 글쎄 유명한 여배우가 됐다는 거 아닌가!

그래 한번, 서울에 올라가 그 이쁜 딸년의 출세를 보고 싶었지. 댁이라도 안 그렇겠소, 기자 양반?

그 어미라는 여자, 보통 수단꾼이 아니었지. 기필코 떡두꺼비 같은 아들을 낳아준다고 기를 쓰더니만, 내리 도끼자리만 내지르면서 내 재산은 은근슬쩍 빼돌려 실속을 차린 듯싶더이다.

근데, 서울이 수복되자 미희 어미는 온다간다 말없이, 뒤도 안 돌아보고 아이들을 데리고 훌쩍 떠나버리고 말더이다. 거 뭐인가, '나무꾼과 선녀'의 선녀처럼 말이외다. 그렇게 훌쩍 내 곁을 떠난 고것들은, 미희 년이 여배우로 출세할 때까지 아 글씨, 일자 소식도 없었지 뭐요.

참, 사람의 인정머리가 그럴 수 있단 말이여, 기자 양반? 아들을 얻기 위해 본 씨앗이긴 하지만, 내가 저희들을 어떻게 거뒀는데 문전 박대하냔 말이여? 섭섭하다 못해 분하기까지 합디다. 사람의 마음, 참 알다가도 모를 것입디다요, 기자 양반. 하룻밤을 자도 만리장성을 쌓는다는디, 쯧쯧….″

"어떻게 됐나?"
부장은 기자가 사무실에 들어서자 반색하며 다급하게 물었다.
"하나 건졌습니다."
"진짜 생부, 찾았어?"
"제가 누굽니까!"
기자는 절로 어깨가 으쓱거렸다."
"그럼, 당장 써. 내일 아침신문 일면에 크게 내도록!"
"알겠습니다. 그럼….″
부장 앞에서 물러난 기자는 자리로 돌아오자 우선 작성할 기사 내용을 머리에 그려본다. 손미희 아버지의 얼굴이 떠올랐다.
기자는 기사를 어떤 측면에서 다룰 것인가를 두고 잠깐 갈등했다. 출신 여고, 생부 등 가족관계에 대해 기자한테까지 솔직하게 털어놓지 않고, 시미치를 뗀 그 괘씸한 소이를 생각해서는 당연히 사실대로 '문전 박대한 생부'를 부각시키면 그만이었다.

하지만 기자의 센티한 휴머니티가 바짓가랑이를 붙들고 늘어졌다. 이봐, 그래도 가능성을 두고, 애정을 가졌던 여배우이지 않은가, 당장 눈앞의 쇼킹한 센세이셔널보다 거, 있잖아? 누이 좋고 매부 좋은 방법! 또 하나의 치사한 목소리가 귀에 앵앵거렸다. 기사는 감정보다 객관성이 우선인 것을 몰라서는 아니었다. 사실에 근거한 객관성을 벗어난 기사가 그만치 독자의 공감을 얻기 힘들다는 것도 기자는 잘 알고 있었다. 하지만 감정이 없는 기사, 감동을 줄 수 없는 기사는 그만큼 생명감이 없다고 생각한 기자는, 기사도 하나의 스토리텔링이여야 하지 않을까 묻고 싶었다.

이제 막 물오른 손미희를 나락으로 떨어뜨릴 수는 없다고 기자는 생각했다. 여배우의 명예도 다치게 하지 않으면서 기사의 목적을 다 할 수 있는 방법…. 그렇다. 작가作家의 자세로 기사를 쓰자고 기자는 생각했다. 한 편의 소설을 쓰듯 원고지 칸에 감정, 정감이 묻은 문자를 한 자 두 자 메꿔 보자….

〈문전박대 당한 여배우 손미희의 생부, 그 애틋한 사미인곡〉. 기자가 쓰고자 하는 기사의 제호였다. 기사의 방향을 여배우 손미희가 아닌 여배우의 친부에게 맞춰보자는 의도에서였다.

사미인곡思美人曲이 어떤 글인가. 조선 선조宣祖 때 동인과 서인의 당파싸움으로 관직을 내놓고 낙향한 충신 송강松江 정철鄭澈의 임금을 사모하는 정을, 생이별 지아비를 연모하는 여인에 비유, 노래한 문장이 아니던가. 인기 여배우 손미희보다 문전박대 당한 생부의 애틋한 심정, 여배우가 된 딸애의 그리움을 부각시켜 볼 생각이었다.

기사를 다 작성하자 기자는 다시 한번 훑어본 뒤 곧장 부장에게 넘겼다.

잠시 뒤 기사를 다 읽은 부장은 숨죽이고 눈치를 살피던 강기동 기자를 거칠게 불렀다. 어찌나 그 소리가 투박하고 컸던지 사무실 안의 시선이 일제히 부장과 기자를 번갈아 번득였다. 혹여 기사의 방향이 부장의 비위를 건드린 건 아닐까, 한껏 움츠러든 몸짓을 한 기자는 얼른 부장 곁으로 다가갔다.

"강 기자, 기자 때려치우고 소설가로 나서는 게 어때? 천편일률적 폭로 위주의 패턴을 과감히 벗어부친 시도는 일단 굿이야."

기자는 부장의 뜻밖의 반응에 어리둥절했다. 칭찬인지, 야유인지를 선뜻 판별하기 힘들었다.

"손미희 인기에 악영향을 주진 않겠어. 강 기자, 혹 손미희를 남몰래 좋아하는 건 아냐?"

부장은 멋쩍게 엉거주춤 서있는 기자의 얼굴을 뚫어지듯 쳐다보며 의미 있는 웃음을 날렸다.

"아, 아닙니다, 부장님. 한낱 취재 대상일 뿐이죠, 뭐."

"근데, 얼굴이 왜 그리 벌겋지?"

"제 얼굴이요…."

기자는 말을 더듬거렸다.

"맞네. 손미희를 짝사랑하는 거!"

후닥닥 자리로 돌아온 기자는 온몸이 불덩이가 되는 것을 느꼈다. 부장이 '짝사랑'을 들먹인 건 분명 농담이리라. 근데 왜 그게 그토록 민감하게 받아지는 걸까, 기자 자신도 그 감정이 참으로 알다가도 몰랐다.

"강 기자님. 저, 미희 엄마예요."

기사가 나간 지 이틀 뒤, 손미희 어머니가 전화를 걸어왔다. 착 갈앉은 목소리로 보아 홍분하고 있는 것 같지 않았다. 고달픈 피난 생활, 어떤 의미에서는 밝히고 싶지 않은 과거사지만 미희 어머니는 의외로 침착했다. 자신보다 딸의 인기가 다치지 않은 게 무엇보다 다행으로 여기는 눈치였다.

"고마워요."

힘없이 흘리는 말끝에 무거운 침묵이 흘렀다. 흐느끼고 있다는 느낌이 들었다.

"…."

"미안해요. 그만 감상에 젖어서."

"아, 아닙니다. 누구나 울고 싶을 때가 있는 법이죠."

"이해해줘서 고마워요, 강 가자님."

한참 뜸들인 듯싶던 여배우 엄마는 입을 열었다.

"그러지 말고 강 기자님, 오늘 저녁 나, 술 한 잔 안 사줄래요?"

드러난 부산 피난 생활의 고달픔을 어루만져줄 대상이 필요했던 건 아니었을까.

기자는 쾌히, 그러마라고 응했다. 그리고 저녁 7시, 번화가가 아닌 신촌 어느 조용한 빈대떡집을 일러줬다.

하지만 저녁때가 되자 기자의 발걸음은 여배우 어머니와 만나기로 한 신촌으로 가고 있지 않았다. 퇴근하면 으레 들리곤 하던 무교동으로 향하고 있었다. 기자는 지금, 남의 얘기나 들어줄 그런 한가한 감정이 아니었다.

"맞네, 손미희를 짝사랑하는 거?"

놀리던 부장의 말이 왜 또 그처럼 마음을 뒤흔들어 놓는지 몰랐다.

기자는 아무도 만나고 싶지 않았다. 혼자이고 싶었다. 그리고 곰곰이 따져봐야 할 것 같았다. 기자는 과연 그 여배우를 연모하는 마음이 눈곱만치라도 있었는지를 돌아보고 싶었다.

대폿집에 혼자 죽치고 앉은 기자는 눈 깜짝할 사이, 소주 서너 병을 비웠다. 조금도 흐릿해지지 않은 또렷한 머리에서 자문자답이 이어졌다. 손미희를 짝사랑한 거 맞아? 아니지? 그래도 취하지 않은 기자는 뭣에 쫓긴 듯 계속 소주잔을 기울였다.

기자의 눈앞에 처음 콘테스트에서 심사위원들 앞에 나타났을 때의 손미희가 떠올랐다. 군계일학처럼 우아한 모습으로 누군가에 사랑을 줄 듯싶은 그 감미로운 입술도 눈앞에 어른댔다.

기자는 얼른, 손을 저어 눈앞의 환영을 지우려 들었다. 그럴 리가, 남다른 직업의식으로 손미희를 깊이 지켜봤을 뿐, 결코 연모일 턱이 없다고 기자는 도리질했다. 술잔과 더불어 수없이, 수없이 도리질하는 기자의 눈앞에 또 하나의 환영이 무섭게 달려들었다.

아 그건, 이미 남의 아내가 된 지 오래인 첫사랑 단발머리였다. 첫사랑은 웃고 있었다. 비웃고 있는 것 같지 않았다. 비웃을 수가 없으리라. 일시적 충동으로 딴 남자를 따라 기자의 곁을 박차고 떠난 건 첫사랑이었으니까….

어느새 마음은 착 갈앉았다. 기자는 조용히 술집을 나섰다. 몸은 가누기 힘들지만, 바깥 공기는 맑고 신선했다.

그 여배우, 시작과 끝

강 기자가 막 퇴근하려는데 전화벨이 울린다.

"연예붑니다."

"강기동 기자, 아직 퇴근 전인가요?"

"제가 강 기잡니다만, 누구시죠?"

"아, 있었군. 나, 김수동 감독이야."

"이 시간, 김 감독이 웬일로?"

"특종감이 있어서지. 당연히 강 기자부터 찾아야 하는 거 아냐."

"특종감?"

강 기자의 귀가 번쩍 뜬다. 그렇지 않아도 요즘, 데스크로부터 핀잔이 이만저만이 아니다. 눈이 마주칠 때마다 부장은 언제까지 농땡이 칠 거냐? 대놓고 면박을 줘오던 참이다. 강 기자는 다급하게 묻는다.

"김 감독, 거기가 어디지?"

"왜, 쇠뿔도 단김에 빼겠다, 그 건가?"

"장난치지 말고, 어서 있는 데부터 대라니까."

"시내에서 한참 떨어진 데야. 그래도 지금 올 수 있겠어?"

"당연히!"

망설일 수 없었다. 전화를 끊기 무섭게 밖으로 뛰어나온 강 기자는 부리나케 지나는 택시를 불러 세우고 우이동 쪽으로 갑시다! 큰소리로 목적지를 외쳤다.

우이동이라면 문안 밖이었다. 한 많은 미아리고개를 넘으면 미아 삼거리, 거기서도 얼마를 더 가야 수유동, 더 깊이 들어가면 4·19 탑이 있고 장미원이 나온다. 조금 더 올라가 솔밭을 지나면 바로 우이동 종점에 닿았다.

김 감독이 기다리고 있는 곳은, 종점에서 가파른 길을 따라 올라가 북한산 우이령 줄기 언덕에 자리 잡은 올림피아호텔. 외진 데다 조용해서 시나리오작가와 방송작가, 영화감독들이 투숙해서 작품구상이나 콘티continuity를 짜곤 한 조용한 호텔이다. 김 감독도 그곳에 머물러 있다면 필시 다음 작품을 구상하기 위함이라는 건 짐작하고도 남았다.

김 감독은 호텔 로비에 있는 커피숍에서 기다리고 있었다. 숨

가쁘게 달려온 강 기자가 서슴없이 커피숍 회전문을 밀치고 홀에 들어서자, 문 가까이 앉아있던 김 감독이 얼른 손을 들어 강 기자를 맞았다.

"먼 데까지 오느라 수고했어, 강 기자."

"대개 멀긴 멀구먼."

김 감독은 혼자가 아니다. 옆에 웬 여자가 다소곳이 앉아있다. 싱겁긴, 겨우 신인 여배우를 소개하기 위해 여기까지 나를 불러내? 다소 실망한 강 기자는 김 감독 앞에 털퍼덕 주저앉았다.

"그동안 안녕하셨어요, 강 기자님."

그제야 강 기자는 김 감독 옆에 앉은 여자의 얼굴에 눈길을 보낸다.

"아니, 이게 누구야?"

너무 뜻밖의 얼굴에 강 기자는 화들짝 놀란다. 그 얼굴은 다름 아닌 4~5년 전 느닷없이 스크린을 떠난 톱스타 우영희이지 않은가. 인기가 하늘을 찌를 때 그녀는 미련 없이 여배우, 톱스타의 자리를 버렸다. 재일교포 2세와의 결혼이 그 이유였지만. 딸 하나를 두고 행복한 결혼생활을 보내고 있다는 소식이 가끔 들려오던 중이었다.

"잠깐 다니러 온 건가?"

"아니, 자세한 얘긴 나중에 하고, 우선 너무 늦었으니 우 스타는 보내고 우린 술이나 한잔 하는 게 어때?"

불쑥, 김수동 감독이 강 기자와 우영희의 사이에 끼어든다.

"오랜만에 만났는데, 좀 더 얘기를 나눠야 하잖나?"

강 기자의 아쉬움도 만만찮다. 좋은 기삿감을 두고 어떻게 순순히 물러날 수 있느냐는 태도다.

"더 큰 먹잇감을 준다는데도?"

"더 큰 먹잇감?"

강 기자는 그제야 김 감독의 눈치를 알아챘다. 못 이긴 척 우영희를 놓아줬다.

김 감독과 강 기자는 호텔 근처 음식점으로 자리를 옮겼다. 술을 마시면서 김 감독이 들려준 얘기를 듣고야 비로소 큰 게 하나 걸리긴 걸렸군, 신바람 난 강 기자는 특종, 단독기사는 받아놓은 밥상이다, 절로 어깨가 으쓱거렸다.

"강 기자, 놀라지 마. 우영희가 시집살이를 접고 아예 귀국해 버린듯싶어."

"이혼했다는 거네."

"정식 이혼은 아닌 것 같고, 못 살겠다고 아예 내뺀 거랄까."

"그럼, 다시 재기하고 싶다 그거 아냐?"

"역시, 기자의 코는 못 말려."

"김 감독 작품에?"

"아니. 영화는 말고 우선 TV 쪽을 원해."

"TV 드라마?"

"그렇다고. TV가 대세니까 그쪽부터 얼굴을 내밀며 간을 보겠다는 거 같아."

"대사 처리가 잘 될까?"

"그래서 큰 역할보다 적은 역부터 해보고 싶은 눈치야."

"엿장수 맘대로네."

"그래서 은밀히 강 기자부터 찾은 거 아닌가. 몰래 TV 드라마에 출연시키면서 우영희의 모든 걸 독점할 수 있는 기회가 어디, 그리 흔한 일이야."

강 기자는 김 감독의 저의를 더 이상 설명 듣지 않아도 감을 잡았다. 특종을 낚아챈 건 쾌거인 게 분명하다. 하지만 TV 드라마에 출연시키는 건 말처럼 녹록한 일이 아니다. 외부에 정보가 새지 않게 은밀히 진행한다는 게 얼마나 진땀 빼야 할 일이냐 말이다.

하지만 곧 강 기자는 고쳐 생각했다. 다소의 어려움이 있던들 어찌 덥석 문 먹잇감을 뱉어내나 싶었다. 김 감독의 제안을 군말 없이 받아들이기로 마음을 굳힌 강 기자는 왜 그리 가슴이 뛰는지 몰랐다.

우영희. 그녀는 60~70년대 영화계를 주름잡던 톱스타였다. 그 인기가 하늘을 찌를 때 돌연 그녀는 결혼을 발표하고 은막을 떠났다. 팬들은 말할 거 없고 영화계 안팎에서 모두 고개를 갸웃됐지만. 혹시 사귄 남자의 아이를 가진 건 아닐까? 그토록 갑자기

서둘러 결혼한 까닭이 뭔지를 두고 별별 얘기가 다 돌았다.

우영희 쪽에서 알려온 얘기는 뒷소문과는 사뭇 달랐다. 여배우 어머니가 잘 아는 일본 교포의 소개로 순전히 집안끼리의 중매로 혼사가 이뤄졌다지 뭐냐.

그 사실을 곧이곧대로 믿을 사람은 물론 없었다. 하물며 기자들이랴. 강 기자도 눈이 벌게 쑤셔대고 다녔다. 하지만 뾰쪽한 얘기는 잡히지 않은 채 그 뒷얘기도 시간이 지나자 슬그머니 꼬리를 감추고 말았다.

여배우의 신랑은 빠징코업으로 성공한 재일교포의 아들. 여배우 어머니는 워낙 잘 알려진 수완가였다. 딸의 인기와 수입으로 벌이는 일이 적지 않은 여배우 엄마는 웬일로 늘 자금이 달린다며 돈 꾸러 다니는 모습을 자주 보였다. 그 때문일까. 금전 관계로 얽힌 혼사로 보는 눈들도 많았다.

하지만 귀여운 딸을 낳았다는 소식과 함께 가끔 전해오는 우영희의 결혼생활은 늘 '이상 무'였다. 일본 시가 쪽 주변에서 별다른 얘기가 흘러나오지 않다 보니 행복한 결혼생활을 영위하고 있으려니, 모두 그렇게 여기고 있었다.

한데 우영희가 돌연 서울에 나타났다? 더구나 재기를 노리고 있다잖은가. 그리고 그 사실을 감쪽같이 숨긴 채 오직 강기동 기자에게만 우영희의 재기 등 모든 걸 떠맡겼다. 귀신에 홀린 듯 얼떨떨한 강 기자는 그렇다고 넝쿨 째 굴러든 호박을 의구심으로 망칠 수는 없다고 생각했다.

강 기자는 그 사실을 미리 부장에게 알리지 않았다. 잘 안 풀렸을 때를 염두에 둔 일이었다. 어느 정도 일이 잘 진행된다 싶을 때, 단독기사를 내놓으면서 얘기해도 늦지 않으리라 여겼다.

아무리 수소문해봐도 새로 들어가는 TV 드라마는 없었다. 기획 중인 드라마도 대외비로 진행된 탓에 알 길이 막연한 강 기자. 할 수 없이 평소 친하게 지내던 PD를 찾아가 넋두리 삼아 우영희 얘기를 꺼냈다. 찾아간 PD는 일일사극日日史劇을 연출 중이었다.

"확실한 거야? 그 여배우, 일본으로 다시 안 돌아가는 거?"

뜻밖이다. PD가 그처럼 우영희의 컴백에 입맛을 다실 줄을. 강 기자는 체면 불문하고 PD에게 매달린다.

"확신할 수 있어! 우영희는 절대 일본으로 안 돌아가. 이혼도 시간문제야."

"그렇다면 내 드라마에 내보낼 수 있어. 중간에 들어간 역할이라 혹 꺼리진 않을까, 그 여배우가?"

"본인도 처음은 대사가 많지 않은 역을 맡고 싶어 해."

"그렇다고 톱스타였던 여배우에게 단역을 줄 순 없고, 주역은 아니지만, 비중 있는 역은 앵겨줘야 하잖을까."

"역시 명 PD다운 배려야."

강 기자는 입술에 침 바른 듯 PD를 치켜세웠다.

"근데, 조건이 있어."

PD는 한참 만에 덧붙였다.

"그게 뭔데?"

"내 드라마에 나가는 동안, 절대 타 방송 TV 드라마에 출연 안 할 것, 지킬 수 있을까?"

"당연히 지켜야지. 한데 이쪽도 조건이 있다면?"

"부탁하는 쪽이 무슨 놈의 조건?"

"이담 새로 들어가는 연속극에 꼭 주인공으로 써줄 것."

"그야 내가 더 바라던 거야."

"오케이! 그럼 내일이라도 당장 그 여배우, 방송국으로 데려올까?"

"아냐. 방송국엔 눈들이 많아. 일단 사람들이 뜸한 데서 만나지."

일은 의외로 순조롭게 잘 풀렸다. 뭔가 한 건 했다는 뿌듯함을 느낀 강 기자는 본의 아니게 여배우의 매니저 노릇까지 했다는 생각이 들자 절로 웃음이 흘러나왔다.

쇠뿔도 단김에 빼랬다 했던가. 강기동 기자는 당장 김수동 감독과 우영희를 시내 조용한 음식점으로 불러냈다. 그리고 저녁을 먹으면서 우영희가 재기할 사극 PD이자 연출자가 내건 조건을 들먹였다.

"당연한 거잖아."

김 감독은 그 제안을 흔쾌히 받아들였다.

"부탁드린 건 저희 쪽이죠. 실망 안 하도록 열심히 할게요. 진심이에요."

우영희도 맹세하듯 적극적인 태도를 보였다.

"기자로서의 내 신뢰를 담보한 약속입니다. 구두 약속이지만 신의를 저버리지 않길 두 분께 진심으로 부탁할게요."

그래도 강 기자는 마음이 놓이지 않았다. 여배우의 약속, 신의를 지키지 않은 예를 너무 많이 봐 온 때문이다. 솔직히 강 기자는 우영희보다 김 감독을 더 믿고 추진했다. 기사를 독점할 수 있다는 홍분도 한몫을 단단히 한 셈이지만.

우영희는 PD와의 미팅에서도 실망하지 않도록 노력할 것을 거듭 다짐했다. PD도 그 문제는 더 이상 신경 쓰지 않고, 오히려 여배우의 대사 처리를 더 걱정하는 눈빛이었다.

그럴 수밖에 없었다. 60년, 70년대만 해도 영화는 동시녹음을 하지 않았다. 무엇보다 우영희 같은 톱스타의 겹치기 촬영 일정이 한가하게 배우들을 녹음실에 붙들어 둘 수 없기 때문이었다. 그래서 녹음, 더빙은 성우들이 죄 맡아 했었다. 당시 선망의 은막 스타들을 반쪽 연기자라고 비아냥대는 것도 다 그런 이유에서였다.

"아무래도 동시녹음이 신경 쓰이겠죠?"

넌지시 PD가 우영희의 눈치를 살핀다.

"아무래도…요."

우영희도 PD의 걱정을 수긍한다. 자신도 은근히 걱정하던 일인 듯.

"미리 작가에게 부탁해 놓을게요. 진행 과정을 봐가면서 차츰 대사를 늘리도록…요."

"너무 신경 쓰게 해서 어떡하죠."

"곧 익숙해질 거라고 믿어요. 대학도 연극영화과였다면서요?"

"대학 때 충분히 연기지도를 받았지만, 워낙 겹치기 출연으로 미처 내 목소리를 넣을 여유가 있었어야죠."

"워낙 끼 있는 분들이니 금방 나아질 걸로 믿어요."

"한눈팔지 않고 열심히 해보겠습니다."

PD의 얼굴은 밝았다. 한때 스크린을 주름잡던 톱스타의 재기를 독점한 뿌듯함이 아닐까.

우영희의 컴백은 TV 드라마, 그것도 사극으로 은밀하게 이뤄졌다. 따라서 강기동 기자는 우영희의 컴백을 단독기사로 세상에 알렸고, 동료 기자들의 시샘과 부러움을 샀다. 모든 건 계획대로 잘 흘러가는 듯싶었다.

하지만 겨우 한 달여 만이었다. 강 기자가 그토록 우려한 일이 벌어졌다. 강 기자에게마저 귀띔 한마디 없이 우영희는 타 TV의 새로 들어가는 일일연속극에 출연하게 된 것이다.

강 기자는 배신감을 참을 수 없어 댓바람에 김수동 감독을 불러냈다. 우영희를 데리고 나오라고 했건만 김 감독은 혼자였다. 카페에 미리 나온 듯 강 기자가 나타나자 벌떡 일어나며 맞았다.

"이래도 되는 거요, 김 감독?"

"입이 열 개라도….”

"근데, 그 잘난 여배우 낯짝은 왜 안 보여?"

"무슨 낯짝으로 강 기자를 볼 수 있겠어."

"쥐꼬리 양심은 있었던가 보네?"

"워낙 놓치기 아까운 기회였던 같아."

"그래도 그렇지….”

강 기자는 말을 잇지 못한다. 흥분 탓만은 아니다. 새로 들어가는 일일연속극이 어느 연기자든 욕심을 내 볼 만한 작품이기 때문이다.

작가가 예사롭지 않은 인물이었다. 썼다 싶으면 엄청 시청률을 달궜다. 더구나 역할이 크든 작든, 심지어 단역까지도 캐릭터에 걸맞도록 톡톡 튀게 만든 작가로 유명했다.

그 여배우, 재기의 성공 여부가 불투명한 우영희가 그것을 놓칠 리 있었을까. 수단 방법 가리지 않고 모든 인맥까지 동원, 뒷구멍을 쑤셔댄 게 뻔하다. 아니, 왕년의 그 여배우의 인기가 인정돼 오히려 방송국 쪽에서 적극적으로 끌어당길 수도 있다.

어쨌든 강 기자는 우영희의 컴백을 기꺼이 받아준 사극 PD에게 완전히 체면을 구겼다. 체면을 구긴 것까지는 그래도 견딜 만했다. 기자를 믿은 내가 미쳤지, PD의 비아냥까지 받았을 때는 머리가 돌아버릴 지경이었다. 배신감에 치를 떤 강 기자는 우영희 너, 언젠가 걸리면 가만두지 않을 테다, 주먹을 불끈 쥐고 끓어오른 부화를 쉽게 삭이지 못했다.

세월이 약이었을까. 아니, 세월이랄 것도 없었다. 어느 정도 시간이 지났고, 김수동 감독의 끈질긴 변명과 설득 때문인지 강 기자의 머리에 어느새 우영희에 대한 괘씸한 감정이 슬그머니 스러져버렸다.

우영희의 재기는 성공적이었다. 옛 톱스타 때만큼은 아니지만, TV 드라마를 디딤돌로 해서 번진 그녀의 인기는 다시 영화로도 뻗쳐나갔다.

하늘을 찌를 듯한 6~70년대의 영화계는 아니었다. 무분별하게 영화를 양산하던 시절도 아니었다. 하지만 젊은 감독들의 몸부림이 때로 관객을 끌어모았다. 오직 얼굴 하나로 스크린을 누볐지만, 이제 목소리까지 갖추고 돌아온 우영희를 영화계는 외면하지 않았다. 달라진 옛 톱스타를 다시 영화에 출연시키는 건 지극히 자연스러운 현상이었다.

하지만 여우 꼬리가 너무 길었을까. 옛 톱스타의 모습을 되찾아가는 우영희의 주변에 심상찮은 연기가 피어올랐다. 얘기하나

마나 장안의 플레이보이들이 꼬인다는 풍문이었다. 그중에서도 가장 강력하게 떠오르는 인물이 다른 사람 아닌 학원 재벌 2세 M으로 알려졌다.

M으로 말하자면 여배우들에게는 예의 바른 매너로 소문난 바람둥이. 재력을 앞세운 재벌 2세들 대부분이 거칠고 까칠한 대신 M만은 자상하고 정중할뿐더러 친구처럼 스스럼없이 대해준다는 평판이었다. 그래서 여배우들 사이에 그는 잰틀 M으로 통했다.

잰틀 M은 우영희가 시집을 박차고 다시 은막으로 돌아오자 전과는 사뭇 다른 감정으로 다가가는 듯싶었다. 언젠가 잰틀 M이 지나가는 말처럼 강 기자에게 넌지시 귀띔했다. 전과는 다른 감정으로 만나는 우영희가 첫사랑이란 사실도 숨기지 않은 잰틀 M, 정식으로 프러포즈하고 싶은데 "도무지 우영희가 그런 기회를 안 준다"며 한숨까지 내쉬었다. 바람둥이가 아닌 한 남자로 우영희에게 접근하려는 그의 진심을 강 기자는 읽을 수 있었다.

그러던 중 어느 날 밤, 우영희 집에서 소동이 벌어졌다. 소문은 잰틀 M이 전화통을 우영희에게 집어던져서 생긴 폭력 사건으로 나돌았다. 깅 기자를 비롯한 기자들이 우르르 우영희에게 몰려갔다. 하지만 김 빠지게 우영희는 오빠와의 의견충돌로 빚어진 일이라고 극구 발뺌했다.

잰틀 M마저 함구무언인 판에 추측 기사를 내보낼 수 없어 끙

끙 앓고 있는 강 기자에게 그날 저녁, 김수동 감독이 전화를 걸어왔다. 우영희 문제로 떨떠름했던 김 감독은 요즘 따라 자주 전화를 해온다. 뻔하다. 어떻게든 우영희를 감싸주고픈 그 알량한 보호본능 때문이란 걸.

"한 잔 안 할래?"

"글쎄…."

가뜩이나 우울하던 참이다. 우영희에 대한 궁금증도 한두 가지 아닌 강 기자는 딱히 거절하지 못한다. 꼭 우영희 폭력 사건 때문만은 아니다. 최근 우영희를 주인공으로 한 영화가 김 감독의 메가폰으로 크랭크 인한 뒤끝이 아닌가. 영화기자가 새로 들어가는 영화를, 더구나 우영희를 주인공으로 한다는 영화를 모른 체 하기도 좀 그렇다. 약속한 장소에는 김 감독만이 아니다. 뜻밖에도 우영희가 김 감독 옆에 앉아있다.

"어서 와요, 강 기자. 강 기자와 한잔한다니까 우 스타가 냉큼 따라나서네. 강 기자가 보고 싶다면서."

김 감독은 힐끗 우영희 눈치를 본다. 우영희를 억지로 끌고 나온 게 뻔하다. 뭔가 불안해 보이는 우영희는 강 기자와의 시선을 애써 피한다. 그들은 최근 나돈 M과의 폭력설을 강 기자가 모르고 있을 리 없다고 생각한 게 분명하다. 그대로 지나칠 강 기자도 아니지만.

강 기자는 불쑥 물었다.

"M과의 사이는 잘 돼 가고 있어요?"

"네?"

우영희는 전기에 감전된 듯 소스라친다. 잽싸게 김 감독이 끼어든다.

"자, 자. 저녁이나 먹으러 가자고. 일식집 어때, 강 기자? 우 스타도 있으니 조용한 방 하나 얻어 저녁 먹으면서 반주 한잔해야지."

김 감독의 노력에도 불구하고 분위기는 녹록하지 않다. 그럴 수밖에 없다. 우영희는 우영희대로, 강 기자는 강 기자대로 제각기 딴생각에 매달려 있기 때문이다.

그랬다. 강 기자는 얼마 전 우영희 집에서 벌어진 폭력 사태를 결코 우영희 말대로 배우 생활을 극구 반대해온 오빠의 행위로 보지 않았다. 누구 덕으로 먹고 살아온 오빠인데 생명줄이나 다름없는 동생의 얼굴에 냅다 전화기를 집어던져? 폭력을 행사한 건 십중팔구 M인 게 틀림없다고 강 기자는 보고 있었다.

다른 기자들도 그 의문은 마찬가지리라. 앞다퉈 그 진위를 캐러 혈안이 돼 있지만, 우영희는 여태껏 이리저리 핑계만 댈 뿐 기자들을 만나주지 않고 있다. 마냥 추측 기사만 쓸 수 없는 기자들은 보나 마나 제각기 나름의 루트를 통해 그 진위 파악으로 혈안이 돼 있을 게 뻔하다.

이럴 때 우영희와 맞닥뜨린 건 강 기자에게는 오히려 행운인지 모른다.

"정말 오빠 맞아요, 전화통을 집어던진 거?"

강 기자의 질문이 떨어지기 무섭게 또 김 감독이 잽싸게 끼어든다.

"우리, 분위기도 바꿀 겸 스카이웨이로 드라이브 어때, 강 기자? 우 스타도 괜찮지?"

김 감독의 그 알량한 보호본능 때문에 강 기자는 빼든 칼을 휘두르지 못한 채 도로 칼집에 집어넣고 만다. 그리고 묵묵히 김 감독이 원하는 대로 스카이웨이 드라이브에 따라나선다. 졸졸 강아지처럼.

그나마 강 기자가 한 가닥 희망을 놓지 않은 건 우영희의 심리적 변화다. 뒤늦게나마 우영희가 모든 걸 털어놓는다면, 다른 건 몰라도 M과의 심상찮은 관계 등 폭력 사태의 미스터리를, 강 기자는 어느 정도 긍정적으로 취급할 수 있기 때문이다. 아니, 인간적 신뢰만이라도 회복될 수 있지 않을까 싶었다.

드라이브가 그나마 우영희의 불안심리를 조금은 잠재웠을까. 아까와 달리 그녀의 표정이 한결 밝다. 그걸 본 강 기자는 슬그머니 마음이 짠해진다. 기자가 뭐길래, 배우의 사생활에 그토록 목을 매야 할까, 새삼 인간적 고뇌에 빠져들고 만 강 기자. 적어도 오늘 밤만은 더 이상 그 여배우의 불안을 부채질하지 않기로 마음먹는다.

이튿날 아침, 출근하자 강 기자는 댓바람에 부장에게 불려갔다.

"맨날 감싸고 돌더니만 꼴 좋게 됐군!"

다짜고짜 부장은 신문 한 장을 강 기자에게 집어던졌다.

신문을 받아 쥔 강 기자는 금세 얼굴이 새파래진다. 가슴 조이게 지켜본 우영희의 폭력 사건이, 극구 오빠의 손찌검이라 변명해온 것과 달리 M이 저지른 폭력이었다는 진상이 소상하게 다른 스포츠연예신문에 톱으로 대서특필돼 있지 않은가.

어젯밤 드라이브에서도 끝내 입을 열지 않은 우영희의 얼굴이 떠올랐다. 그토록 실토할 기회를 줬건만 끝내 입을 열지 않은 그 여배우가 그토록 미울 수 없었다. 낙종落種의 분함은 나중 문제였다. 끝내 인간적 신뢰마저 저버린 배신감에 강 기자는 절로 몸이 떨려왔다.

사건의 앞뒤는 강 기자의 예상대로였다. 우영희의 주변을 맴돌던 M이 저지른 폭력으로 드러났다. 잰틀 M으로 불릴 만큼 신사적인 그가 왜 갑자기 폭군으로 돌변했을까? 가장 궁금한 내용이 빠진 채 M이 한밤, 우영희의 얼굴에 전화통을 집어던진 사실만 요란하게 취급돼 있었다.

강 기자는 언제든 'M이 왜 폭군으로 돌변했는가'를 놓고 기사를 쓸 수 있었다. 하지만 강 기자는 M이 스스로 고백하기를 기다렸다. 언젠가 M은 강 기자에게 귀띔했다. 우영희가 첫사랑이었다고. 우영희가 인기의 허상虛像을 벗어나 자기에게 돌아오는 날, 제일 먼저 그 사실을 알리겠다고 한 M의 약속을 강 기자는 철석같이 믿고 있었다.

M은 누가 뭐래도 바람둥이가 분명하다. 하지만 우영희에 향한 순정만은 못 버린다, 일본으로 시집간 우영희가 다시 돌아오자 '두 번 다시 놓치지 않겠다' 벼르던 M은 바람둥이가 아닌 한 남자로서 우영희에게 다가서고 싶었을 것이다.

한낱 바람둥이 재벌 2세로만 대해 온 우영희의 냉랭함에 M은 더 이상 참지 않은 것 같다. 그렇다. M은 우영희의 콧대가 다시 높아지기 전, 뭔가 특단의 액션을 벌여야 한다고 단단히 벼려온 게 틀림없다.

강 기자의 머리에, 폭력 사건의 그럴듯한 하나의 그림이 그려진다.

M은 그날도 밤이 되자 우영희 집으로 간다. 오빠에게는 어느 정도 눈치를 준 M은 단도직입, 우영희에게 '은퇴하고 나와 결혼하자' 윽박지른다. 하지만 우영희는 어디서 개가 짖나 콧방귀 뀌고 M의 진심을 외면해버린다. 그때다 싶은 M은 탁자 위 전화통을 집어 냅다 우영희의 얼굴에 던진다. 그리고 결연히 고함친다. 배우 노릇 못하게 얼굴을 박살 내야 내 순정을 알겠냐! 고.

M의 결심은 분명했다. 우영희는 꿈만 좇는 부나비. 오죽하면

아이까지 낳은 엄마가 시집을 박차고 다시 스크린으로 돌아왔을까. 어떻게든 그 꿈을 깨부숴야 한다는 게 M의 조바심이었는지 몰랐다.

M은 우영희가 유난히 폭력에 약하다는 걸 알아냈다. 한창때 그녀의 매니저가 조폭 출신이었다. 겹치기 출연 여배우는 자칫 완력 제작부장의 우격다짐에 끌려다니는 경우가 적잖았다.

배우에게 가장 소중한 건 얘기하나 마나 그 예쁜 얼굴. 그걸 누구보다 잘 아는 완력 제작부장은 걸핏하면 여배우의 얼굴을 들먹이며 스케줄을 가로챘다. 그게 두렵고 무서운 우영희는 아예 함부로 넘보지 못하게 건달을 보디 가드 겸 매니저로 채용했다.

"우격다짐으로라도 우영희를 가정이란 울타리에 가두지 않으면 끝이 안 보일 것 같았습니다."

M의 결심이 강 기자의 귀에 앵앵거린다. 그렇다. M은 폭력이 아니면 우영희를 도저히 가둬둘 수 없다고 생각한 게 분명하다.

그걸 증명이라도 하듯 M은 폭력사건 이후, 톱스타 우영희를 가정이란 울타리에 가두는 데 성공한다. 뿐만이 아니라 우영희가 유방암으로 세상을 등질 때까지 티끌만치의 잡음도 없이 어엿한 부부로 행복한 나날을 보낸 것으로 전해지고 있다.

톱스타 여배우치고는 불의의 죽음으로 그 끝이 좀 허망하긴 하지만….

그 여배우, 응달과 양달

"기자님. 절 유망신인으로 소개해 주는 건 고맙지만요, 그래봤자 제가 소속한 방송사에서 뜬다는 거, 하늘의 별 따기라고요."

A양은 '유망신인 탤런트'로 인터뷰를 마치자 기다렸다는 듯 기자에게 거침없는 불만을 쏟아놓는다.

"무슨 뜻이지?"

"비집고 들어갈 틈이 없다니깐요."

"틈이 없다니?"

"생각해 보세요, 기자님. 후기 트로이카라는, 그 잘난 세 여배우 때문이라는 거, 기자님도 잘 알고 계시지 않나요."

그제야 강기동 기자는 감을 잡았다. 그랬다. 영화와 TV에서 이른바 후기 트로이카로 일컬어지는 여배우가 모두 B-TV에 소속돼 있었다. 아무리 유망한 신인이 눈길을 끈다 한들 그들 세 여배우의 틈바귀에서 스포트라이트를 받는다는 건 하늘의 별 따기, 꿈 같은 희망일 뿐이었다.

"그래선데요, 기자님. 한 가지 어려운 부탁 하나 드려도 될까요?"

"부탁?"

"그래요, 기자님. 저희 방송사엔 저 말고도 주역을 맡으면 금세 뜰 신인이 널려있다고요. 특히 송정란은 후기 트로이카 못잖은 미모와 가능성을 지닌 신인이지만, 좀처럼 기회가 줘 주지 않아 저렇듯 한숨만 쉬고 있지 뭐예요. 그 기회의 길잡이를 부탁하고 싶은데요, 어떻게 안 될까요, 기자님?"

"한번 데리고 와 봐요."

A양은 당돌했다. 아니, 기자는 감동했다. 자신보다 장래성 있는 동료를 더 걱정하는 그 마음에 끌렸을뿐더러, 솔직히 그 신인이 누군지 궁금했고, 솔깃하게 호기심도 일었다.

이튿날, 득달같이 A양은 기자가 기다리는 커피숍으로 송정란을 대령했다.

"얘가 송정란이에요. 예쁘죠, 기자님? 얼굴만 예쁜 게 아녜요. 마음도 천사예요. 연기도 제가 보기엔 우리 또래 중 엄지라고요."

강 기자는 송정란을 대해자 고개를 갸웃댔다. 처음 본 얼굴이 아니었다.

"우리, 초면이 아니죠?"

"그럼요, 기자님. 언젠가 절 유망신인으로 기사를 써 준 일이 있었잖아요."

비로소 기자는 송정란을 기억해 냈다. 그게 벌써 일 년도 더 지났다. 공채 동기생 중 가장 기대되는 신인이라고, 드라마제작부로부터 추천받아 소개했던 유망신인이 아닌가.

"그러니까 일 년이 지나도록 역할다운 역할을 못 맡았다는 얘기네?"

"그 후기 트로이카가 씽씽 잘 나가는 한 볕들 날이 있을 리 없었죠."

송정란을 데리고 온 친구의 한숨 섞인 넋두리. 그랬다. 그 세 여배우가 설치는 한 B-TV사에서 틈새를 비집고 들기는 바늘 구멍에 낙타가 들어가기처럼 어려웠으리라.

"결국 타 방송사로 옮길 수밖에 없는데, 그럴 수 있겠어요?"

"옮겨서라도 얼굴을 내밀 수만 있다면 뭘 망설여요."

친구가 또 앞질러 말을 받았다.

"본인도 그래요?"

"그 세 여배우가 진 치고 있는 한 그 방송사를 떠나고 싶어요."

송정란의 결심도 확고한 것 같았다.

알아보겠다, 얼떨결에 긍정적인 반응을 보인 기자는 고민이 많왔다. 어떻게든 연기자의 캐스팅에 개입한다는 건 달가운 일이 아니었다. 자칫 기자 신분을 이용한 청탁에 말려들 오해의 소지가 없지 않기 때문이다.

차일피일 망설이고 있는 어느 날, 기자는 C-TV의 드라마 PD를 만났다. 사극史劇 연출의 베테랑으로 알려진 그는 방송사 앞에서 기자를 만나자 대뜸 차 한잔합시다, 근처 커피숍으로 끌었다.

"강 기자, 어디 떠도는 별 하나 없을까?"

자리에 앉자 PD는 커피도 시키지 않고 흥분을 가누지 못한다.

"뚱딴지같이 갑자기 떠도는 별은 왜?"

"아, 글쎄, 고게 사극은 싫다지 뭐요. 좀 뜬다 싶더니 뵈는 게 없는 모양이야."

"예정된 여주인공을 바꿔 치겠다는 건가?"

"싫다는 애를 굳이 왜 시켜."

"누구를 주인공으로 내정했는데?"

"아, 거 있잖아. J신문과의 소송에서 승소하고 돌아온 콧대 높은 오도해 말이야."

기자는 언뜻 집히는 게 있었다. 며칠 전 명예훼손 소송에서 승소한 오도해와 전화 통화를 한 일이 있었다. 그때 그녀는 얼핏, 방송사에서 사극을 하자는 연락이 왔는데, 못할 것 같다는 뜻을 넌지시 내비쳤다. 왜냐니까, 그녀는 대뜸 찍어 바르고 붙이고, 거추장스럽게 한복도 입었다, 벗었다 너무 힘들어요. 노골적으로 거부반응을 나타냈던 짜증스러운 말투가 생각났다.

"그럼, 어떻게 할 건데?"

기자는 씩씩대는 PD에게 물었다.

"가차 없이 갈아치워야지. 보란 듯이 무명을 출연시켜서…."

PD의 보복심도 못 말린 듯했다.

기자는 대번에 송정란을 생각했다. 연기자의 이해관계에 깊숙이 뛰어들기는 싫지만, 그렇다고 그 좋은 기회를 어떻게 지나치랴, PD와 헤어진 기자는 댓바람에 송정란에게 전화를 넣었다.

송정란과 약속한 커피숍으로 이동하면서 기자는 예상과 달리 컴백을 주저한 오도해의 저의도 궁금했다. 그동안 그녀는 스캔들에 연루된 혐의로 모든 활동을 중단한 상태였다. 혐의가 풀리면 당연히 얼씨구나, 활동을 재개하는 게 순서였다.

그랬다. 오도해는 분명 사극이란 이유로 컴백을 망설이고 있었다. 아니, 거절할 심산인 게 분명했다. 이른바 후기 트로이카의 인기를 추월하기 위해서도 물불을 가릴 처지가 아닌데도 말이다.

분명 다른 까닭이 있잖을까? 상식을 벗어난 오도해의 심상찮은 움직임을 두고 기자는 꿀꺽, 군침이 돌았다. 그래, 그 뒤를 캐보면 의외의 큰 게 걸릴지 몰랐다.

하지만 기자는 일단 오도해의 구린 뒤를 캐는 건 다음으로 미룬다. 지금은 그녀가 손절한 사극의 대체 여주인공으로 송정란을 내세우기 위해 가는 길이다. PD는 재촉했다. 하루빨리 대타자를 데려오라고, 이미 상부에 그 사실을 알렸고, 담당 임원이 보는 앞에서 송정란의 카메라 테스트 일정까지 잡아놨다지 않은가. 망설일 시간이 없었다.

송정란은 기자로부터 자초지종을 듣고 금세 얼굴이 꽃봉오리처럼 피어올랐다.

"그게, 정말에요, 기자님! 카메라 테스트가 아니라 더 한 것도 마다할 까닭이 없죠. 이 은혜, 절대 잊지 않을게요, 강 기자님."

"아직 결정된 것도 아닌데, 뭐."

"아뇨. 결정 안 된들 상관없어요. 여기까지 온 것만 해도 고맙고 보람을 느껴요."

"당분간 비밀 지키고, 카메라 테스트로 갈 때 화장은 너무 짙게 하지 말아요. 신선한 느낌을 주는 게 좋으니까."

"옷도 캐주얼하게 입고 가는 게 좋겠죠?"

"물론…."

무명을 벗어날 수 있다는 희망 때문일까. 송정란의 활짝 핀 얼굴은 흥분으로 잔뜩 부풀어 있었다.

강 기자는 송정란이 카메라 테스트를 받는 현장에는 가지 않았다. 은근히 시행하는 자리였다. 눈치 없이 기자가 나타나는 걸 꺼릴 건 뻔했다. 담당 PD도 안 나타나는 게 좋을 것 같다고 귀띔한 바 있었다.

오도해의 그 여유로움이 다시 기자의 눈에 밟힌다. 어떻게 생각해도 이해가 가지 않은 그 느긋함이 기자는 궁금하다. 오직 출세욕을 향해 물불 가리지 않을 오도해가 그처럼 인기 레이스에 관심이 없다면 필시 그럴만한 까닭이 있지 않을까? 말하자면 명예+돈에 구애받지 않은 대어스폰서를 낚았다든가 하는….

오도해가 J신문과의 소송관계로 모든 매스컴이 거기에 집중돼 있을 때였다. 강 기자는 미국에서 잠시 귀국한, 친분 있는 재미교민으로부터 뜻밖의 얘기를 들었다. 오도해가 미국에서 쌩쌩 잘 나간 실업인과 곧 결혼한다는 소문이 파다한데, 알고 있느냐고 물어온 것이다.

하지만 그때 기자는 그 얘기를 귀담아듣지 않고 흘려버렸다. 그럴 수밖에 없었다. 오도해가 모든 활동을 중단하고 머리 터지게 J신문과의 소송전을 펼치고 있을 무렵이었다. 승소를 통해 훼손된 명예를 되찾아야 할 판국에 어떻게 재미 실업인과 사귈 시간이 있었을까? 하물며 결혼이라니 그다지 현실성이 와 닿지 않았다. 흔히 나돈 루머러니 가볍게 지나쳤다.

오히려 기자는 오도해가 그토록 결백을 주장하는 종교재벌 2세와의 관계를 더 의심하고 있었다. 예의 종교재벌 2세는 소문난 바람둥이였다. 철부지 신인 시절, 집요한 마담뚜의 투망질에 과연 오도해라고 독야청청할 수 있었을까 싶었다. 일이 터지기 무섭게 순발력 뛰어난 매니지먼트의 치밀한 기획으로 사태를 그럴듯하게 포장했을 가능성이 짙다고 기자는 본 것이다.

심지어 오도해 측은 결백을 주장하기 위해 안양구치소에 수감 중인 종교재벌 2세를 면회하는데 기자들까지 몰고 갔다. 그리고 몰고 간 기자들 앞에서 천하의 바람둥이를 통해 침을 튀기며 '절대 결백'을 내세우게 하잖았던가.

기자도 구치소에서 분명 그 결백을 들었다. 또 그 사실을 그대로 기사에 반영했다. 하지만 마음 한구석에는 언젠가 그들의 진짜 관계를 들춰내고 말겠다는 반발심도 할딱대고 있었다.

바로 그 종교재벌 2세가 누구인가. 장안의 7공자 중 한 사람으로 꼽혔다. 은밀하게 조직적으로 움직이는 이른바 마담뚜, 비밀요정의 집요한 손길이 병아리 오도해에게 닿지 않을 리 없다는 게 기자의 직감이었다.

외환관리 위반으로 바람둥이 집으로 형사들이 급습했을 때 침실에 발가벗은 신인 여배우와 함께 사진첩이 하나 나왔다. 그 사진첩에는 도박과 환락의 도시 미국 라스베이거스에서 버니 걸과 즐기는 스냅사진에 뒤섞여 바람둥이와 오도해가 나란히 찍은 사진도 한 장 눈에 띄었다. J신문은 날쌔게 본인의 확인도 거치지 않고 그 사진을 신문에 실었다. 그게 소송의 화근이었다.

그날 오후, 기자는 사무실에 죽치고 앉아 있는데 예의 사극 PD로부터 전화가 걸려왔다.

"강 기자, 카메라 테스트가 성공리에 끝났어. 담당 임원도 대만족이야. 어디서 그런 보석이 나타났냐며 대환영이지 뭐야. 고마워, 강 기자. 이담 내 단단히 한 턱 쏠게."

PD는 흥분을 감추지 않는다. 그 흥분 속에는 오도해에 대한 괘씸죄도 섞여 있지 않았을까.

PD와 전화를 끊기 바쁘게 송정란에게서도 전화가 걸려 왔다. 감격을 가누지 못한 듯 흥분된 목소리로 테스트받은 결과를 알려준다. 그 자리에서 제격, 새로 들어가는 일일연속사극 '한녀'의 타이틀롤로 결정됐다는 소식까지 떨리는 목소리로 전한다.

"기자님. 내일 시간 되세요? 어머니가 기자님을 꼭 만나 보고 싶어 해요. 점심을 대접하고 싶다네요. 충무로 3가, 대원 호텔 아시죠? 그럼 내일 12시, 거기 커피숍에서 뵐게요."

송정란은 일방적으로 약속한 뒤 기자가 미처 뭐라 말할 틈도 주지 않고 전화를 끊어버린다.

기자는 어머니까지 만나는 게 좀 쑥스럽다. 정 뭐하면 나중 송정란한테 점심 한번 사라면 그만 아닐까. 굳이 번거롭게 가족까지 만난다는 게 어쩐지 공치사 같다는 생각이 든다.

하지만 이미 잡혀버린 약속이다. 다시 연락해서 물리기도, 또 상대의 성의를 무시하기도 그렇다 싶은 기자는 눈 찔끔 감고 송정란의 어머니를 만나 보기로 마음을 바꿔 먹는다.

이튿날 정오에 강 기자는 약속된 호텔 커피숍에 들어섰다. 미리 와 있는 송정란과 어머니인 듯싶은 부인이 얼른 자리에서 일어나 기자를 맞았다. 기자와 송정란은 자리에 앉았는데, 어머니는 그대로 서 있는 채 다시 한번 공손하게 기자를 향해 180도 허리를 굽혔다.

"이 은혜를 어떻게 갚아야 할지 모르겠습니다!"

"아니, 뭐…."

기자는 당황스럽다. 아니, 솔직히 좀 쑥스럽다.

기자가 더욱 당황스러운 건 어머니가 불쑥 내민 뭉텅이 때문이다. 네모로 반듯하게 싼 건 보나 마나 돈뭉치일 거라고 직감한 기자는

"이게 뭐죠?"

주위를 두리번거리며 묻는다.

"고마움을 어떻게 전할 줄 몰라…."

여배우 어머니도 쑥스러움 때문인지 뒷말을 흐린다.

기자는 난감하다. 덥석 받기도, 무 자르듯 싹둑 거절할 수도 없이 엉거주춤 머뭇거린다.

어머니가 조심스럽게 다시 입을 연다.

"맨입으로 되는 세상이 아니라는 걸 잘 알고 있어요. 더욱이 큰 역을 맡으려면 그만한 비용이 든다는 것도 익히 알곤 있었습니다. 하지만 저 애 아버지의 월급으론 세 남매의 학비를 대기도

버겁더군요. 한데 때마침 어제 곗돈을 탔지 뭡니까. 그래서….”

"아닙니다. 잘못 알고 계신 겁니다. 그런 뒷거래가 전혀 없다곤 말 않겠습니다. 그렇다고 모든 게 뒷거래로만 이뤄지진 않습니다. 따님은 그동안 기회를 못 얻었을 뿐이에요. 그 기회의 다리를 제가 놔줬을 뿐이라고요. 따님은 이제 날개를 달았으니 훨훨 나는 일만 남았습니다. 돈도 벌게 될 테고요.”

기자는 말을 마치자 슬그머니 돈뭉치를 어머니 앞으로 내민다. 남의 눈도 있으니 어서 집어넣으라는 시늉까지 하며.

"아녜요. 그럴 순 없습니다, 기자님.”

어머니도 완강하다. 남의 눈 같은 것 아랑곳없다는 듯 다시 돈뭉치를 기자 앞으로 밀어붙인다.

커피숍 안이다. 손님들이 그렇듯 많진 않지만 아무래도 기자는 남의 시선이 껄끄럽다. 밀당을 계속할 수 없음을 눈치챈 기자는 그래서 한 가지 방법을 생각해 내고 분위기를 반전시킨다.

기자는 돈뭉치가 정확히 얼마인지는 잘 모른다. 부피로 보아 꽤 많은 액수인 건 분명하다. 그중 극히 일부의 돈을 떼어 낸다. 그리고 의아해하는 여배우 모녀에게 기자의 복안을 털어놓는다.

"PD감독과 AD조감독, 작가 등 관계자들에게 줄 선물을 마련할까 해서요. 지나치게 비싼 것도, 그렇다고 아무거나 내밀 수 없어서 '던힐'이라는 고급 외제라이터를 하나씩 선물할까 싶어요. 공교롭게도 그분들은 다 같이 골초들이지 뭡니까.”

기자의 얘기를 들은 어머니는 슬그머니 딸의 눈치를 살핀다. 그래 엄마, 기자님의 말씀대로 하는 게 좋겠다, 옆자리의 딸이 거드는 통에 어머니도 더 이상 고집을 부리지 않고 물러앉는다.

뒷거래 없이 PD의 단순한 보복심리로 발탁된 송정란은 물을 만난 용처럼 금세 신선한 주연 여배우로 뜨기 시작했다. 언론 매체는 일제히 어디서 묻혔다 나타난 진주인가, 다투듯 그녀를 띄우기에 바빴고, 그걸 증명하듯 그녀의 인기도 거침새 없이 치솟았다.
방송·영화·연예계의 뒷거래는 공공연한 비밀이다. 하지만 구체적 사실은 좀처럼 까발려지지 않고 묻혀버리기 일쑤다. 오직 누리꾼의 입을 통해서만 구체적인 예까지 들먹이며 사실인 양 침을 튀겨오고 있다.
무명 여배우가 느닷없이 발탁되는 경우는 늘 뒷말이 따랐다. 아파트 한 채를 PD에게 안겨주고 주역을 따냈다든가, 몸까지 바치고 주역을 거머쥐었다든가 별별 해괴한 뒷얘기가 손발 없이 제멋대로 돌아다녔다.
하지만 정작 기자가 그 사실을 추적, 취재하려 들면 그렇듯 기세 좋게 떠들어대던 누리꾼은 슬금슬금 꽁무니를 뺄뿐더러, 하나같이 입을 다물어버리기 마련이다.
그게 사실이라도 워낙 당사자끼리 은밀하게 진행된 일이다.

잡음이 일 듯싶다가도 금세 수면 밑으로 가라앉는다. 그만큼 방송 당국의 철저한 관리, 실무자들의 입단속도 한몫했지만, 머쓱한 건 늘 호기 좋게 뒤를 캐려다 나가떨어진 기자들뿐이다. 몸체 없이 무성한 소문을 좇다 멋쩍은 기자는 결국 그 아쉬움을 가십으로나마 어물쩍 넘기며 달랠 때가 적잖다.

시간은 잘도 지났다. 송정란이 뜨기 시작한 지도 어느덧 2개월째. 그새 기자는 딴 사건 취재에 매달리느라 잘 나가고 있는 송정란에게 대한 관심을 가질 여유를 미처 갖지 못했다.
인기 절정인 어느 여배우에게 느닷없이 이상한 소문이 나돌았다. 다른 기자들이 코를 벌름대고 냄새 맡기 전, 한발 앞서 은밀히 그 진위를 캐느라 얼마 동안 기자는 다른 생각을 하고 말고 할 틈이 없었다.
하지만 강 기자는 이내 맥이 풀리고 말았다. 닭 쫓던 개가 그 꼴이리라. 여배우의 완강한 부인도 부인이지만, 그 여배우의 애인이 장안의 소문난 플레이보이가 아닌, 감히 손대기 어려운 고관대작이었기 때문이었다. 고관대작인 한 무난히 취재가 이뤄졌다고 해도 보나 마나 정부의 눈치를 살피는 신문사 윗분들이 깔아뭉갤 게 뻔했다.
기자는 허탈했다. 허탈해 있는 기자의 귀에 다름 아닌 송정란에 대한 괴소문 하나가 잡혔다. 그 대상도 하필이면 고관대작이라는데 기자는 더욱 놀랐다. 취재해봤자 기사화할 수 없다는 걸 뻔히 알면서도 기자는 송정란을 인적이 드문 교외 커피숍으로 불러냈다.

울적한 참이었다. 그 화풀이를 송정란에게 하고 싶었던 건지도 몰랐다. 아니, 그동안 미처 교감을 나눌 시간은 없었지만, 솔직히 기자는 송정란으로부터 그 어떤 위로를 받고 싶었던 건 아니었을까.

기자는 송정란을 대하자 자기도 모르게 밑거니 묻는다.

"연애하니?"

불쑥, 튀어나온 퉁명스러운 물음에 송정란의 안색이 갑자기 퍼렇다.

"갑자기, 그게?"

"시침 떼지마. 다 알고 묻는 거니까."

"뭘 다 알고 있다는 거죠, 기자님?"

"그게…."

기자는 선뜻 송정란이 사귄다는 고관대작의 이름을 입에 올리지 못한다. 그 고관대작이 다름 아닌 VIP의 친인척으로 하늘을 찌를 듯 치외법권적 존재이기도 했지만, 무엇보다 변색 된 그녀의 표정이 너무 표독스럽게 다가왔기 때문이다.

그게 사실일지라도 어차피 기사화할 수 없다는 걸 기자는 잘 알고 있다. 다만 송정란의 마음을 알고 싶은 거랄까. 은인이랄 수 있는 기자에게만은 모든 걸 솔직히 털어놓고 '어찌하오리까'로 의논해 오리라 기대한 것이다.

하지만 송정란은 펄쩍 뛰었다. 억울하다고 울먹였다. 끝까지 믿어 줄 기자님이 왜 그리 죄인 취급이냐, 노골적으로 적의까지 보이지 않는가.

기자는 흠칫, 깨닫는다. 송정란의 오리발에서 어제의 무명 신인이 아닌, 어느새 훌쩍 커버린 송정란을 보았기 때문이다.

기자는 곧 생각을 바꾼다. 송정란의 마음속에 기자에 대한 고마움이 머물러 있지 않다는 걸 확인한다. 탄탄대로에 들어선 그녀의 안중에 기자는 성가시긴 해도, 외면할 수 없는 존재쯤으로 알고 있는 게 분명하다.

송정란은 억세게 운이 좋았다. 그 운을 계속 밀고 가려면 날개를 달아준 사람이 오히려 훼방꾼이 될 수 있다고 기자는 바꿔 생각한다. 관심을 끊으면 그만이다. 송정란은 송정란의 길을, 기자는 기자의 길을 가면 그뿐이 아닌가.

기자는 그렇듯 쉽게 변해버린 송정란의 초심이 좀처럼 머리에서 지워지지 않는다. 생각할수록 괘씸하다. 그 은혜, 절대 잊지 않겠다는 게 언제인데 그처럼 쉽게 변해버리지? 그 표독스러운 얼굴에서 정나미가 십 리도 더 도망간다.

얼핏, 기자의 머리에 속담 하나가 떠오른다. '뒷간에 갈 적 마음 다르고, 올 적 마음 다르다.' 곁들여 '괴로울 때나 신에게 의지

한다'Onse on shore, we pray no more, 라는 서양 속담도 머리를 스친다.

더 무슨 긴 설명이 필요할까. 애당초 거래로 이뤄진 것도 아니다. 우연이지만 타이밍이 좋았을 뿐이다. 더 이상 무슨 의미를 두겠는가. 하루빨리 머리를 정리하고 갈 길을 가자, 기자는 다시 한 번 다짐하며 송정란에 대한 애증을 말끔히 씻기로 마음먹는다.

유신으로 모든 게 통제되던 시절이다. 잘 나간다는 여배우의 수입이 제대로 인기를 관리하리만치 충분하지 못했던 일이고. 그런 약점을 교묘히 이용한 비밀 요정, 마담뚜로 불리는 매파가, 예쁜 여배우들에게 재벌 2세나 권력의 고관대작을 스폰서로 이어주는 풍토, 송정란도 예외 없이 그 속에서 숨 쉬었을 뿐이 아닐까. 그리고 비밀을 갖게 되면 누군들 그걸 감추려고 몸을 움츠리는 것 또한 보호본능에 틀림없을 터.

기자는 더 이상 공공연한 비밀, 여배우의 치욕스러운 수난을 떠올리고 싶지 않다. 불의, 부조리라는 걸 뻔히 알면서 그것을 과감하게 파헤치지 못하고 불구경만 한 기자도 어쩌면 동조자일 수 있다는 비애가 비수처럼 가슴을 후벼온다. 아아아….

사랑아 구름아

초판 1쇄 인쇄 2025년 9월 8일
초판 1쇄 발행 2025년 9월 10일
저　자 한보영
발행인 박지연
발행처 도서출판 도화
등　록 2013년 11월 19일 제2013-000124호
주　소 서울시 송파구 중대로34길 9-3
전　화 02) 3012-1030
팩　스 02) 3012-1031
전자우편 dohwa1030@daum.net
인　쇄 유진보라
ISBN 979-11-92828-96-1 *03810
정가 15,000원

잘못 만들어진 책은 교환해 드립니다.
저자와 출판사의 허락 없이 책의 전부 또는 일부 내용을 사용할 수 없습니다.

도화道化, fool는
고정적인 질서에 대한 익살맞은 비판자,
고정화된 사고의 틀을 해체한다는 뜻입니다.